Ich hörte einen Zweig knacken und dann Isobels Schrei,

und als ich herumfuhr, sah ich es unweit von ihr zwischen den Blättern metallisch aufblitzen. Vielleicht verteidigte sie sich nur instinktiv. Oder vielleicht lag es daran, daß Revolver sie kribblig machten – endlich einmal bot sich ihr die Gelegenheit, einen abzufeuern.

Was immer der Grund war, sie packte die Kanone – mit beiden Händen, wie ich es ihr gesagt hatte –, riß sie hoch und zielte.

Der Revolver im Dschungel krachte nur einmal . . .

Donald Hamilton

Die Verräter

Scherz
Bern – München – Wien

Einzig berechtigte Übertragung aus dem Amerikanischen
von Helmut Anders
Titel des Originals: »The Betrayers«
Schutzumschlag von Heinz Looser
Foto: Thomas Cugini

2. Auflage 1985, ISBN 3-502-51010-5

Gesamtherstellung: Ebner Ulm

1

Am Flugplatz von Honolulu empfingen mich keine hübschen Mädchen mit Blumenkränzen; nur eine lehrerinnenhaft aussehende Dame reichte mir ein Glas Ananassaft, als ich das Abfertigungsgebäude betrat. Ich fand, das war ein ziemlicher Abstieg gegenüber der Zeit, als man, soviel ich gelesen hatte, jeden männlichen Besucher der Insel mit Blumen bekränzte und ihm eine braunhäutige Schönheit zum Geschenk machte.

Falls sich sonst jemand für meine Ankunft interessierte – und wir hatten unser möglichstes getan, solches Interesse zu wecken –, so ließ er sich nicht blicken. Ich hatte das auch gar nicht erwartet. Mac hatte mich mit den örtlichen Verhältnissen hinreichend vertraut gemacht, als ich ihm mitteilte, wo ich meinen Urlaub zu verbringen gedachte, wenn auch erst nach einigem Herumgerede.

»Auf Hawaii?« hatte er erstaunt gefragt. »Warum gerade auf Hawaii, Eric?«

Mein richtiger Name ist Matthew Helm, falls das von Bedeutung ist, doch wir verwenden in unserem Büro Decknamen.

»Weil ich noch nie dort gewesen bin, Sir«, sagte ich. »Weil es weit weg ist und mich hoffentlich kein Mensch dort kennt. Weil ich zur Abwechslung gern mal an einem Strand liegen möchte, ohne mich zu fragen, ob der sympathische Bursche unter dem nächsten Sonnenschirm ein gerissener internationaler Agent ist, der mich erledigen soll. Irgendwelche Einwände, Sir? Falls ich gebraucht werde, sind's ja im Jet bloß etwa fünf Stunden bis zur Westküste.«

»Nein, nein«, entgegnete er rasch. »Keinerlei Einwände. Sie haben sich ehrlich einen Urlaub verdient. Verbringen Sie

ihn, wo Sie wollen.« Er schwieg einen Moment. »Fliegen Sie allein?«
»Ja, Sir. Sie wissen verdammt genau, daß ich allein fliege, Sir. Nur ich mit meinem schlechten Gewissen.«
»Hm. Glauben Sie mir, es tut mir wirklich leid um Claire.«
»Ich glaube Ihnen, Sir.«
»Solche Dinge passieren nun mal, Eric«, sagte er. »Sie haben völlig richtig gehandelt.« Er dachte einen Augenblick nach. »Ich bin natürlich froh darüber. Ich kann nicht leugnen, daß ich mir um Sie und Ihren letzten Auftrag eine Zeitlang ziemliche Sorgen gemacht habe. Es ist immer schlecht, wenn sich zwischen zwei Agenten, die zusammenarbeiten, eine gefühlsmäßige Bindung entwickelt, wie das offenbar bei Ihnen und Claire der Fall war. Ehrlich gesagt, ich fürchtete ein wenig, in der romantischen Gegend an der Riviera, in der Sie arbeiteten, könnten Sie sentimentale Erwägungen im letzten Moment ins Schwanken bringen.«
»Keine Angst, Sir. In dieser männlichen Brust schlägt ein Herz aus purem Stein. Gefühle, pah! Aber vielleicht könnten wir jetzt aufhören, von Claire zu sprechen. Sie war ein nettes Mädchen und eine gute Agentin, und sie tat, was sie tun mußte, nämlich sterben. Und ich tat, was ich tun mußte – sie in den Tod hetzen. Und dank unserer Bemühungen und Opfer – vor allem ihrer – wurde das Unternehmen ein riesiger Erfolg, und alle sind zufrieden, zumindest Sie, wie ich hoffe. Und jetzt fahre ich nach Hawaii, früher Sandwich Islands genannt, und werde mich darin üben, einen Strand anzuschauen, ohne irgend etwas außer Sand zu sehen. Wie Sie ja wissen, haben wir gemäß Ihren Anweisungen eine Menge Zeit damit verbracht, an den Stränden der Riviera Mann und Frau zu spielen.«
Ich sagte das, um ihn ein wenig hochzubringen, doch er erwiderte ganz ruhig: »Na, und es hat doch ausgezeichnet geklappt, nicht? Die Gegenseite hat wie geplant auf den Köder angebissen.«
»Ja, Sir. Es hat prima geklappt. Nur für den Köder war es reichlich unangenehm. Aber das ist wohl nun mal das Schicksal von Ködern.«
»Genau«, bestätigte er und wechselte das Thema. »Wann fliegen Sie nach Hawaii?«

»Ende der Woche. Früher habe ich keinen Platz bekommen.«
Mac sah mich nachdenklich an. »Sie wissen ja sicher, daß Monk dort ist. Er ist seit einiger Zeit unser erster Mann im Pazifik.«
Ich schnitt eine Grimasse. »Nein, das wußte ich nicht. Wir sollen ja bezüglich der Aufträge anderer Agenten nicht neugierig sein, und der Pazifik ist nicht mein Revier. Außerdem interessiert mich Monk nicht. Aber wenn ich gewußt hätte, daß er dort ist, hätte ich mir vielleicht eine andere Gegend ausgesucht.«
»Es ist ja schon ziemlich lange her, seit ihr zusammen in Deutschland gewesen seid. Das war die Hofbaden-Sache, nicht? Soviel ich mich entsinne, sind Sie damals ziemlich grob zu ihm gewesen.«
»Grob ist gut«, sagte ich. »Wenn ich ihn nicht gebraucht hätte, hätte ich ihn umgebracht, den gemeinen Hund. Es war eine ganz einfache Angelegenheit, doch er hätte fast ein Massaker veranstaltet. Macht es ihm immer noch Sapß, die Leute reihenweise umzulegen, statt einen nach dem andern?«
»Monk ist einer unserer besten Männer«, meinte Mac gelassen. »Er war sehr erfolgreich.«
Der Ton, in dem er das sagte, machte mich irgendwie stutzig. »Tatsächlich?« Dann fügte ich rasch hinzu: »Ach, zum Teufel damit. Ich will gar nichts davon wissen, Sir. Und zum Teufel mit Monk. Ich hab keine Lust, wieder mit ihm aneinanderzugeraten, aber ich hab mein Ticket, und ich denke nicht daran, es seinetwegen zurückzugeben.«
»Nein, warum sollten Sie auch ...« Er sah mich die ganze Zeit nachdenklich an, wie eine Katze, die eine schöne, fette Maus entdeckt hat, doch diesen Blick war ich von ihm gewohnt. »Also, erholen Sie sich gut, Eric. Und vergessen Sie nicht, noch im Erkennungsraum vorbeizuschauen.«
Das sagte er jedesmal, wenn er einen verabschiedete. Man erwartet von allen, daß wir, wenn wir in Washington sind, eine oder zwei Stunden damit verbringen, uns die neuesten Dossiers anzusehen, und da das eine langweilige Sache ist, fürchtet er, wir könnten uns davor drücken. Als ich in den Keller hinunterfuhr, wo der Raum mit den Erkennungsakten und dem Projektor ist, gingen mir seine nachdenkliche

Miene und sein ungewöhnliches Interesse für meine Urlaubspläne nicht aus dem Kopf. Ich fragte mich, ob er wieder einmal etwas Unangenehmes für mich auf Lager hatte. Na ja, ich würde es schon bald genug merken. Er ist kein Mensch, dessen Gedanken zu erraten ich mich auch nur bemühen würde.

Noch eine andere Frage ließ mir keine Ruhe: Ob er einen besonderen Grund gehabt hatte, mich auf Monk aufmerksam zu machen? Jedenfalls bedeutete das nichts Gutes, denn Monk fiel in die Rubrik unerledigter Dinge, die wir normalerweise lieber vermeiden. Es ist nur im Fernsehen so, daß man sich bei einem Auftrag erbitterte Feinde macht und sie am Leben läßt, so daß sie einen beim nächsten in Schwierigkeiten bringen können. Wenn Monk ein feindlicher Agent gewesen wäre, hätte ich ihn in dem Moment, als ich keine weitere Verwendung mehr für ihn hatte, umgelegt – aus reinem Selbsterhaltungstrieb. So aber hatte ich ihn lebendig mit zurückgebracht, obwohl ich wußte, daß das wahrscheinlich ein großer Fehler war, und zwar einer, den Monk selbst nie gemacht hätte.

Mac hatte völlig recht: rein sachlich betrachtet, war Monk ein ausgezeichneter Mann. Ein Genie auf dem Gebiet der Sprengtechnik, auf dem meine eigenen Kenntnisse überaus beschränkt sind. Das Dumme war nur, daß er leidenschaftlich gern Dinge in die Luft fliegen sah, vor allem wenn Menschen darin waren. Wenn ich den Auftrag habe, einen Mann umzulegen, dann bemühe ich mich, diesen einen Mann zu erwischen. Eine ganze Landschaft samt den darin befindlichen Leuten – selbst, wenn es Feinde sind – auszuradieren, um einen einzigen Mann zu erledigen, scheint mir eine verdammt unangemessene Methode zu sein. Ich hatte Monk ziemlich unter Druck setzen müssen, um ihn zu bewegen, die Sache auf eine mir angenehme Art zu handhaben. Er war ein Typ, der einem so was nicht vergaß.

Inzwischen saß ich in dem finsteren Projektionsraum und sah mir auf der Leinwand die Gesichter der feindlichen Agenten an, die mir dort, wo ich hinging, möglicherweise über den Weg laufen würden. Plötzlich klingelte das Telefon. Smitty, der Vorführer mit dem steifen Bein, schaltete die Automatik des Projektors ein und humpelte hin – er hatte einmal bei einem Einsatz einen Fehler begangen und mußte nun hier unten Dienst machen; eine ständige Mahnung an uns alle, daß selbst das geringste Versagen bei unserem Job sehr dauerhafte Folgen haben kann.

Er telefonierte eine ganze Weile – so lange, daß dem Apparat die Dias ausgingen. Als er zurückkam, fütterte er ihn wieder, und plötzlich sah mich von der Leinwand Monk an, natürlich älter, als ich ihn in Erinnerung hatte, doch mit den gleichen vorgebeugten Schultern und dem seltsam sensiblen, gutgeschnittenen Gesicht. Ich habe keine Ahnung, ob Mac ihm seinen Decknamen gegeben hatte, weil er wie ein Gorilla gebaut war oder weil er oft dreinblickte wie ein Heiliger, und ich hatte ihn nie danach gefragt. Ich hatte damals wichtigere Dinge im Kopf. Mir wurden mehrere neuere Aufnahmen von Monk gezeigt und ein komplettes, ausführliches Dossier. Dann wurden mir unsere übrigen Leute im Pazifik vorgeführt, die alten und die neuen.

Als Monks Gesicht auf der Leinwand erschien, hatte ich vor Überraschung etwas sagen wollen, es dann aber unterdrückt. Smitty verstand seinen Job, und offenbar hatte er Anweisungen von oben bekommen. Natürlich war es äußerst ungewöhnlich. Normalerweise macht man uns mit keinem anderen Agenten, den wir nicht unbedingt kennen müssen, bekannt, und über die Agenten, die wir kennen, gibt man uns keine überflüssigen Informationen. In all den Jahren, die ich für Mac arbeitete, hatte ich nicht einmal genau gewußt, wie viele andere Agenten ihm noch unterstanden. Die einzigen, die ich kennenlernte, waren die, mit denen ich zusammenarbeitete, und man erwartete von mir, daß ich auch sie möglichst schnell wieder vergaß.

Daß man mich mit unserem gesamten Pazifikstab bekannt machte, war ein großes Kompliment. Es bedeutete, daß Mac volles Vertrauen zu mir hatte. Zweifellos war es reichlich undankbar von mir, zu wünschen, er hätte das auf andere Art getan, und mich zu fragen, was er wohl von mir dafür erwartete.

Vom Erkennungsraum ging ich durch den Korridor zum Waffenmagazin, um mir einen Revolver zu besorgen, denn mein bisheriger war mir in Europa abhanden gekommen. Ich würde im Urlaub zwar keinen brauchen – zumindest

hoffte ich das –, doch laut Vorschrift müssen wir jederzeit einen verfügbar haben, und ich hatte das unangenehme Gefühl, daß es nicht ratsam war, sich gerade jetzt über diese Verordnung hinwegzusetzen.
Der Magazinverwalter war alles andere als erfreut. »In letzter Zeit scheinen Sie bei jedem Einsatz Ihre Waffen zu verlieren, Eric«, nörgelte er. »Merkwürdigerweise hatten Sie, als Sie zu uns kamen, jahrelang die gleiche 22er-Automatik.«
»Das war eine gute Kanone«, sagte ich. »Leise und zuverlässig. Ich hab das kleine Ding gemocht; deshalb hab ich gut darauf aufgepaßt. Aber wie kann man denn Sympathie für diese unförmigen, lauten, seelenlosen 38er entwickeln, die ihr uns heutzutage gebt?«
Er entgegnete mürrisch: »Unsere Ballistiker sind der Ansicht, daß sich ein kleineres Kaliber für unseren Job nicht eignet.«
»Wer macht denn die Arbeit? Ich oder unsere Ballistiker? Klappen Sie die Zielscheibe hoch, und geben Sie mir zwei Ohropax, damit ich nicht zwei Tage lang taub bin, wenn ich diese Taschenkanone ausprobiere.«
Er langte in eine Schublade, nahm eine kleine Schachtel heraus, öffnete sie und hielt sie mir hin. »Bitte sehr. Übrigens – wenn Sie hier fertig sind, sollen Sie sich noch mal beim Chef melden.«
Das überraschte mich nicht sonderlich. Mac hatte sich inzwischen wohl überlegt, wie er meine geplante Reise am besten mit seinen Interessen in Einklang bringen konnte. Jetzt wollte er mich in sein Vorhaben einweihen. Na, ich hatte ja bereits geahnt, daß mein Urlaub im Südsee-Paradies nicht so erholsam sein würde, wie ich geglaubt hatte.

2

Als ich auf dem Flugplatz von Honolulu stand, dachte ich an das alles nicht. Es war natürlich in einem Winkel meines Hirns gespeichert, doch aus irgendeinem Grund mußte ich an ein Mädchen denken, das sich über diesen Urlaub gefreut hätte – ein Mädchen, das wir Claire genannt hatten und dessen richtigen Namen ich nie erfahren hatte und wahrscheinlich auch nie erfahren würde. Sie war auf einem französischen Friedhof begraben – als Winifred Helm, geliebte Frau von Matthew Helm. Offiziell war sie das Opfer eines unglückseligen Verkehrsunfalls. Mit Hilfe der örtlichen Behörden gibt es hundert Möglichkeiten, das zu deichseln.

Aber das war schon eine ziemlich alte Geschichte; ich mußte mich endlich damit abfinden. Ich trank meinen frischen Ananassaft aus, der völlig anders schmeckte, als das widerlich süße konservierte Zeug, das man in den Staaten kriegt, und bedankte mich bei der Empfangsdame. Sie sah eigentlich gar nicht übel aus, doch alles andere außer ihrem Gesicht ließ sich leider schwer beurteilen, denn sie war vom Hals bis zu den Füßen in ein langes, weites, bunt bedrucktes Gewand gehüllt, das ungefähr so sexy wirkte wie ein Kartoffelsack. Ohne mir irgendein geheimes Losungswort zuzuflüstern, eilte sie mit ihrem Tablett voller Saftgläser den anderen Passagieren entgegen, die vom Flugzeug kamen, und auch, als ich mir mein Gepäck holte, gab mir kein Mensch ein Zeichen oder schoß auf mich. Niemand küßte mich oder warf ein Messer nach mir, als ich draußen in ein Taxi stieg und dem Fahrer den Namen des Hotels in Waikiki Beach sagte, das mir als der genau richtige ruhige und friedliche Ort für einen der Gewalttätigkeit müden Mann, der sein gebrochenes Herz kurieren wollte, empfohlen worden war.

Nach einer Weile merkte ich jedoch, daß ich nicht völlig unbemerkt entkommen war: ein kleiner Wagen, dessen Marke ich nicht gleich erkennen konnte, folgte uns. Irgendwie erfüllte mich das mit Erleichterung. Wenn sich niemand gezeigt hätte, dann hätte ich untätig warten müssen, doch Mac hatte bestens dafür gesorgt, daß meine Talente nicht ungenützt blieben.

»Ich hatte eigentlich gar nicht vor, Sie mit dieser Sache zu betrauen, Eric«, hatte Mac gesagt. »Abgesehen davon, daß Sie sich wirklich einen Urlaub verdient haben, sind Sie an sich nicht der geeignete Mann dafür. Wie Sie ja selbst gesagt haben, ist der Pazifik nicht Ihr Revier. Sie kennen die Gegend nicht, Monk dagegen kennt Sie ganz genau. Aber vielleicht können wir gerade diese Nachteile ausnützen. Jedenfalls wird Monk, wenn er Sie, was zu vermuten ist, in

Honolulu eintreffen sieht, kaum glauben, daß Sie zufällig dort aufkreuzen. Wenn Sie also darauf bestehen, Ihren Urlaub dort zu verbringen, würde ich Ihnen in Ihrem eigenen Interesse raten, auf folgendes zu achten...«

Ich konnte mich nicht entsinnen, gesagt zu haben, daß ich darauf bestünde, meinen Urlaub auf Hawaii zu verbringen. Ich hatte lediglich bemerkt, daß ich nicht daran dächte, meine Pläne Monks wegen zu ändern. Wenn Mac mich darum gebeten hätte, so hätte ich sie umgestoßen, doch das tat er keineswegs. Im Gegenteil, er nahm mich beim Wort, und so konnte ich nicht mehr zurück.

Was er mir über Monk erzählte, hatte mich nicht überrascht. Schließlich hatte ich den Kerl ja mal ganz gut kennengelernt – so gut, wie man jemanden kennenlernt, mit dem zusammen man sein Leben riskiert.

»Es ist immer äußerst unangenehm, wenn ein Agent umfällt«, sagte Mac. »Vor allem, wenn es einer ist, der so lange für uns gearbeitet hat wie Monk.«

»Wissen Sie genau, was er vorhat?«

»Wir haben eindeutige Beweise dafür, daß er Kontakt mit Peking hat.«

»Das beweist an sich gar nichts, Sir«, entgegnete ich. »Ich hatte ja gelegentlich auch schon Kontakt mit Moskau. Es gibt Situationen, in denen man so tun muß, als wäre man bereit, sich kaufen zu lassen. Vielleicht hat er eine einleuchtende Erklärung dafür.«

»Ihre Fairneß ist bewundernswert, Eric«, meinte er trocken. »Vor allem, wenn man bedenkt, wie Sie sich seinerzeit über ihn geäußert haben. Leider haben wir Ihren Bericht damals nicht wichtig genug genommen.«

»Ich halte ihn immer noch für einen Bastard«, konterte ich, »und noch dazu für einen gefährlichen. Wenn Sie wollen, lege ich ihn mit größtem Vergnügen um oder schneide ihn in kleine Stücke und werfe ihn den Haien vor, falls es in dieser Gegend Haie gibt. Aber ich bin nicht bereit, einen Mann ohne Beweise einen Verräter zu nennen.«

»Es gibt genügend Beweise. Monk hat sich umdrehen lassen. Wir haben alles genauestens überprüft. Die Details gehen Sie nichts an, aber Sie können es als feststehende Tatsache betrachten.«

Ich mag weder angeblich feststehende Tatsachen noch Details, die mich nichts angehen, doch mir blieb anscheinend nichts anderes übrig, als »okay, Sir« zu sagen.
»Um auf Ihre Frage zurückzukommen. Genau wissen wir noch nicht, was er vorhat. Das muß natürlich festgestellt werden, bevor wir etwas Endgültiges unternehmen. Auf jeden Fall muß verhindert werden, was er im Auftrag der Chinesen dort tun soll. Das ist ebenso wichtig wie das Sammeln von Beweisen gegen Monk. Ist das klar?«
»Selbstverständlich, Sir. Ist schon jemand auf ihn angesetzt?«
»Ja, ein Mann, der nicht zu unserer dortigen Organisation gehört – er heißt Bernard Naguki. Falls er mit Ihnen Verbindung aufnimmt, wird er sagen: ›Es gibt sehr wenige Seevögel auf Hawaii.‹ Darauf haben Sie zu erwidern: ›Ja, aber dafür eine Menge Landvögel.«
Ich fragte mich, welcher geniale Kopf sich das wohl ausgedacht hatte und wie ich einen Agenten von einem Ornithologen unterscheiden sollte.
»Sie sagten, Naguki gehört nicht zu unserer dortigen Organisation, Sir. Ist auch ein der Organisation angehörender Agent informiert?«
Mac zögerte einen Moment, dann sagte er: »Ja. Bis wir genügend Beweise haben, um etwas unternehmen zu können, soll Naguki in erster Linie als eine Art Köder dienen, so wie Sie. Wir möchten nicht, daß Monk auf den Verdacht kommt, seine eigene Organisation hätte ein Leck. Aber vergessen Sie, daß ich Ihnen das gesagt habe, Eric. Sie können sich denken, daß das eine sehr heikle Sache ist, und wir haben dem betreffenden Agenten freie Hand und völlige Anonymität zugestanden. Ich habe ihm mein Wort darauf gegeben; sonst hätte er sich nicht zur Mitarbeit bereit erklärt.«
Ich schnitt eine Grimasse: »Diese Leute, die sich die Möglichkeit offenhalten, sich, ohne ein Risiko einzugehen, auf die siegreiche Seite zu schlagen, mag ich.«
»Ich habe ihm mein Wort gegeben, Eric«, wiederholte Mac ruhig.
»Jawohl, Sir.«
Er lächelte leicht. »Sie natürlich nicht. Für das, was Sie auf

eigene Faust herausfinden und unternehmen, kann ich nicht verantwortlich gemacht werden.«
Wir sahen einander über den Schreibtisch hinweg an. »Gut, Sir«, sagte ich mit unbewegtem Gesicht. »Das erleichtert die Sache ein wenig.«
»Er wird sich nur an Sie wenden, falls das unbedingt nötig ist. Ich werde ihn davon unterrichten, daß Sie kommen. Er wird sich Ihnen auf die gleiche Weise zu erkennen geben.«
Ich nickte. »Vermute ich richtig, daß Monk zwar ahnt, daß wir ihm auf die Schliche gekommen sind, daß er aber nicht weiß, wer ihn verraten hat?«
»Ich fürchte, er vermutet es. Deshalb habe ich ja Naguki mit dem Auftrag hingeschickt, sich verdächtig zu machen, damit es so aussieht, als ob er derjenige ist, der die ihn belastenden Beweise entdeckt hat.«
»Das könnte für Naguki sehr unangenehme Folgen haben. Monk kann äußerst skrupellos sein.«
»Eben«, sagte Mac ungerührt. »Aus diesem Grund weihe ich ja Sie in das Ganze ein – damit Sie an Nagukis Stelle treten können, falls ihm etwas passiert.«
Ich konnte nicht umhin, mich zu fragen, ob bereits jemand bereitstand, meine Stelle einzunehmen, falls mir etwas passierte. »Jawohl, Sir. Herzlichen Dank, Sir.«
Mein Sarkasmus, falls es welcher war, schien an ihn verschwendet. Ohne mit der Wimper zu zucken, fuhr er fort: »Es ist Ihnen natürlich klar, daß Monk weiterhin ein vertrauenswürdiger leitender Agent ist, auf den auch nicht der Schatten eines Verdachts fällt. Je mehr ich darüber nachdenke, um so mehr komme ich zu der Überzeugung, daß Sie derjenige sein sollten, der sich verdächtig gemacht hat.«
Ich nahm mich zusammen, denn die Befriedigung, mich erschreckt zusammenzucken zu sehen, gönnte ich ihm nicht. »Wodurch, Sir?«
»Durch unbesonnene Bemerkungen und labiles Verhalten in einem Maß, das ausreicht, Sie zu suspendieren und vorsichtshalber unter Überwachung zu stellen. Ja, ich finde, das ist eine ausgezeichnete Idee. Da Monk Sie nicht mag, wird er nur allzugern glauben, daß Sie in Ungnade gefallen sind. Es wäre nicht das erste Mal, daß ein ansonsten intelligenter Mensch glaubt, was er glauben will.«

Mein geruhsamer Urlaub schien in immer weitere Ferne zu rücken. »Darf ich wissen, was für unbesonnene Bemerkungen ich gemacht haben soll?«
»Natürlich. Unter anderem sollen Sie gesagt haben, daß es eine strategische Idiotie sei, uns in Asien in einen Krieg verwickeln zu lassen und Rußland den Rücken zuzukehren, und daß der Trottel, der diesen Fehler begangen hat, vor ein Kriegsgericht gehört. Ich zitiere natürlich nur Ihre Äußerung.«
»Klar.«
»Unser Archiv wird Sie mit einigem Material versorgen, aus dem Sie ersehen können, welche Argumente bei der Diskussion über dieses Thema benützt werden.«
»Wenn ich mir eine Bemerkung erlauben darf«, wandte ich ein. »Ich kann mir nicht vorstellen, daß solche Äußerungen ausreichenden Anlaß zu einer Suspendierung und Überwachung geben könnten. Damit hätte ich doch nichts weiter gesagt, als daß ich Rußland für einen gefährlicheren Gegner als China halte. Das darf man doch wohl?«
»Es steht einem Soldaten nicht zu, die Entscheidungen seiner Vorgesetzten zu kritisieren, Eric. Und ein Agent, der öffentlich die Politik seiner Regierung kritisiert, läßt dadurch, gelinde gesagt, Zweifel an seinen beruflichen Fähigkeiten aufkommen.«
»Ich verstehe, Sir. Entschuldigen Sie.«
So leicht ließ er sich jedoch nicht davon abbringen. Als leiere er eine Dienstvorschrift herunter, fuhr er fort: »Ein Agent hat nicht durch Äußerung kritischer Ansichten, mögen sie nun berechtigt sein oder nicht, die Aufmerksamkeit auf sich zu lenken, außer dies erweist sich im Rahmen seines Auftrages als erforderlich. Außer Dienst hat sich ein Agent politisch unverdächtig zu verhalten, um nicht seine zukünftige Verwendungsfähigkeit einzuschränken. Eine Verletzung dieses Grundsatzes bietet ausreichenden Anlaß für disziplinäre Maßnahmen.« Er blickte auf und sprach in normalem Ton weiter. »Sie sollten vielleicht noch wissen, daß Monk unter anderem dadurch in Verdacht geriet, daß einer seiner Leute öffentlich in einer derartigen Diskussion Partei ergriff, ohne irgendwie überprüft oder gerügt zu werden.«
»Für wen er Partei ergriff, brauche ich wohl nicht zu fragen.

Wie steht's denn sonst mit seinen Leuten, abgesehen von diesem Agenten, auf den wir uns verlassen können?«
Mac blickte grimmig drein. »Infolge der großen Entfernung und der besonderen sprachlichen Anforderungen, die wir an die Leute stellen müssen, war unsere Pazifik-Organisation leider schon immer mehr oder weniger autonom und unabhängig. Solange Sie auf keine gegenteiligen Beweise stoßen, müssen Sie davon ausgehen, daß unsere Agenten im Pazifik Monk treu ergeben sind. Die meisten wurden von ihm angeworben, und sie sind es alle gewohnt, ihm oder durch ihn Bericht zu erstatten, und nicht, wie in anderen Gebieten, direkt mir.« Er zuckte die Achseln. »Sicherlich ein administrativer Fehler, doch infolge der geographischen Schwierigkeiten ließ er sich leider nicht vermeiden.«
»Er hat also praktisch ein kleines Imperium unter sich«, sagte ich. »Für einen ehrgeizigen Burschen ideal.«
»Ja«, sagte Mac. »Doch so ein Imperium hat natürlich auch seinen Nachteil. Es steht und fällt mit dem Herrscher.« Er überlegte kurz, dann sagte er leise: »Eric?«
»Ja, Sir?«
»Vergessen Sie bitte nicht – Monk steht offiziell nicht unter Verdacht. Es wäre gut, wenn sein Ansehen bis zum Schluß unangetastet bliebe.«
»Jawohl, Sir. Bis zum Schluß.«
Wir sahen einander einen Augenblick ausdruckslos an. Mehr war anscheinend nicht zu sagen. Ich stand auf und verließ das Büro.

Und jetzt fuhr ich am Strand von Honolulu entlang, verfolgt von einem Wagen, den ich inzwischen als eine japanische Datsun-Limousine identifiziert hatte. Am Steuer saß ein mondgesichtiger, schnurrbärtiger junger Mann, in dem ich einen der unsrigen erkannt hatte – besser gesagt, einen von Monks Leuten mit dem Decknamen Francis, der derzeit unter dem Pseudonym Bill Menander arbeitete. An seiner ungeschickten Verfolgungstechnik merkte man, daß er noch jung und unerfahren war, oder vielleicht hatte Monk ihn angewiesen, mich merken zu lassen, daß ich beobachtet wurde.
Hinter Francis tauchte hin und wieder ein heller, ein oder

zwei Jahre alter Ford auf. Mir war nicht ganz klar, ob er zu unserem Konvoi gehörte, oder ob es sich um irgendeinen Unbeteiligten handelte, der zufällig auch nach Waikiki wollte.
Als wir bei Sonnenuntergang durch Honolulu fuhren, hatte ich den Eindruck, daß die Stadt, abgesehen von einigen dahinter aufragenden steilen Bergen, die offenbar vulkanischen Ursprungs waren, starke Ähnlichkeit mit Los Angeles oder Miami Beach hatte. Nicht im mindesten glich sie jedoch den grauen deutschen Städten, die ich damals zusammen mit Monk gesehen hatte. Unsere Wege hatten sich seither nicht gekreuzt; doch nach allem, was ich von ihm wußte, hatte ich immer geahnt, daß es ein schwerer Fehler von mir gewesen war, den Burschen lebendig zurückzubringen, und daß ich das eines Tages würde korrigieren müssen.

3

Vom Halekulani-Hotel war ich angenehm überrascht. Es bestand aus mehreren ziemlich altmodischen bungalowartigen Gebäuden mit Schindeldächern, die von einem phantastisch üppigen tropischen Garten umgeben waren. Ich hatte erwartet, daß man mich in einem der üblichen chromschimmernden Wolkenkratzerhotels in einer winzigen, mit einem Nylonteppich ausgelegten Kammer verstauen würde, doch dieses Hotel machte den beruhigenden Eindruck, daß es mehr um seine Gäste als um deren Kreditkarten besorgt war. Die Jungen mit den blau-weißen Sporthemden, die mein Gepäck abluden, sahen aus, als sei Wellenreiten ihre Hauptbeschäftigung; ebenso der kleine Eingeborene hinter dem Empfangspult, der mich ins Meldebuch eintrug, mich informierte, wo sich der Strand, die Bar und der Speisesaal befanden, und dann einige Briefe durchsah, die er von einem Regal hinter sich nahm.
»Ach ja, hier«, sagte er und gab mir einen Luftpostbrief. »Ich hoffe, Sie werden sich bei uns wohl fühlen, Mr. Helm. *Aloha* – wie man bei uns auf Hawaii sagt.«
»Ich dachte, *Aloha* heißt auf Wiedersehen«, sagte ich.
Er grinste. »Es heißt willkommen und auf Wiedersehen und

alles mögliche, was freundlich gemeint ist, Mr. Helm. Ein sehr nützliches Wort.«
Er gab dem Pagen meinen Zimmerschlüssel. Ich folgte dem Jungen – anscheinend war ich im Hauptgebäude untergebracht – und warf einen gleichgültigen Blick auf den Brief in meiner Hand. Ich bekomme nur sehr selten private Post. Im allgemeinen bedeutet Post ärgerliche chiffrierte Nachrichten, doch dieser Brief machte keinen amtlichen Eindruck. Zumindest kannte ich keine Kontaktstelle in San Francisco, die als Anwaltsbüro getarnt war. Ich stopfte ihn in meine Tasche, als der Junge die Tür aufsperrte und mich in das Zimmer treten ließ, besser gesagt eine ziemlich geräumige Suite. Da ich mich erst in letzter Minute darum gekümmert hatte, hatte ich ohne Rücksicht auf die Kosten nehmen müssen, was zu kriegen war, doch zu meiner Erleichterung würde ja nun Onkel Sam die Rechnung bezahlen.
Die Suite bestand aus einem Bad, einem kleinen Ankleideraum, einem großen Schlafzimmer mit einem Doppelbett und einem angrenzenden kleineren Wohnzimmer, das eigentlich eine gedeckte Veranda mit Aussicht auf den Garten war. Ich hatte das Gefühl, daß es mir nicht schwerfallen würde, mich hier wohl zu fühlen, vorausgesetzt, daß Monk mir die nötige Ruhe dazu ließ.
Ich gab dem Jungen ein Trinkgeld, und als er die Tür hinter sich zugemacht hatte, zog ich meine Jacke aus, nahm meine Krawatte ab, holte eine kleine Flasche aus meinem Koffer und Eis und ein Glas von der Anrichte und machte mir einen Drink. Dann setzte ich mich auf den Bettrand und holte den Brief hervor. Er stammte von einem Rechtsanwalt Wilson D. Pratt, Teilhaber der Firma Prescott, Haverford und Pratt, und lautete:

Lieber Mr. Helm,
als Verwalter des Nachlasses von Philip Grant Marner hat man uns vom tragischen Ableben Mrs. Helms in Frankreich in Kenntnis gesetzt. Wir dürfen Sie unseres aufrichtigen Beileids versichern.
Wie Ihnen sicherlich bekannt ist, war Mrs. Helm, die ehemalige Winifred Philippa Marner, einer der beiden von Mr. Marner in seinem Testament eingesetzten Haupterben.

Wir wären Ihnen dankbar, wenn Sie sich so bald wie möglich mit uns in Verbindung setzen würden.

Hochachtungsvoll
W. D. Pratt

Ich trank einen Schluck, doch das half nicht viel. Ich hatte keine Ahnung, was dieser Brief bedeuten sollte. Vermutlich verwirrte mich der Umstand, daß ich im Lauf meiner Agentenkarriere mit verschiedenen Mädchen angeblich verheiratet gewesen war, und einmal sogar wirklich. Doch der Mädchenname meiner Frau war nicht Marner gewesen, und wir waren seit ein paar Jahren geschieden. Ich mußte den Brief ein zweites Mal lesen, und als ich auf das Wort Frankreich stieß, wurde mir klar, daß er nichts mit ihr zu tun hatte, sondern mit meiner letzten Pseudofrau, die ich unter dem Decknamen Claire gekannt hatte.

Winifred Philippa Marner, dachte ich. Du lieber Himmel – Philippa! Kein Wunder, daß sie mir nie ihren richtigen Namen gesagt hatte; allerdings hatte sie sich als meine Frau Winifred genannt. Und nun wollten mich anscheinend irgendwelche Rechtsanwälte in San Francisco zu einem reichen Mann machen, bloß weil wir uns in die Meldebücher einiger europäischer Hotels als Ehepaar eingetragen hatten. Ich fand das von versierten Anwälten einigermaßen sorglos, aber möglicherweise war diese Erbschaft so unbedeutend, daß sie sich keine besondere Mühe machten.

Falls sie es aber nicht war, so war es ein Jammer, daß sie sich nicht jemanden ausgesucht hatten, der weniger ehrlich war, jemanden, der ihnen das Geld abgeknöpft hätte – oder besser Mr. Philip Grant Marners Geld. Allerlei interessante Möglichkeiten gingen mir durch den Kopf. Ein kleiner Betrug wäre für einen Mann mit meiner Ausbildung und Erfahrung kein Problem gewesen.

Da ich aber ein durch und durch anständiger Mensch bin, zumindest in Geldangelegenheiten, seufzte ich bedauernd und steckte den Brief in ein Hotelkuvert, zusammen mit ein paar Zeilen an Mac, mit denen ich ihn bat, mir diese Leute vom Hals zu schaffen. Dann ging ich hinunter, um mir eine Briefmarke zu kaufen und einen Briefkasten zu suchen. Als ich in mein Zimmer zurückkam, klingelte das Telefon. Einen

Moment lang war nichts zu hören als ein leises Summen. Dann stöhnte plötzlich jemand, als durchzucke ihn ein unerträglicher Schmerz.
»Hallo«, meldete ich mich. »Hallo, wer ist dort?«
Eine tiefe Baritonstimme, die mir irgendwie bekannt vorkam, sagte: »Helm? Ihr Freund Naguki möchte Sie sprechen... Sprechen Sie, Bernard!«
Wieder hörte ich ein lautes Stöhnen. Ich sagte gereizt: »Halten Sie jemand anders zum Narren. Ich kenne keinen Naguki.«
Ich knallte den Hörer auf die Gabel. Die Whiskyflasche stand immer noch auf der Anrichte. Einerseits schien es eine gute Idee, andererseits nicht. Ich trinke gern einen Schluck, wenn ich mich entspannen möchte, doch dies dürfte wohl nicht der richtige Moment sein, alle viere von sich zu strecken. Wie erwartet, klingelte gleich darauf wieder das Telefon. Ich ließ es ein paarmal schrillen, bevor ich abnahm.
»Eric?« Die gleiche Stimme.
»Sagen Sie mir schon, wer Sie sind, Sie Komiker, und woher Sie diesen Namen wissen.«
»Hier ist Monk, Eric. Erinnern Sie sich an mich? An Hofbaden?«
»Menschenskind! Der gute alte Monk! Ich dachte, Sie hätten sich längst selbst gebissen und wären an Tollwut eingegangen. Was, zum Teufel, machen Sie denn auf diesem Pazifikfelsen?«
»Ich beobachte Sie, Eric. Auftrag von oben. Anscheinend sind Sie nicht brav gewesen. Sie haben schon immer zuviel geredet.«
»Also, alles, was recht ist«, sagte ich. »Ich dachte, wir leben in einer Demokratie, Monk. Mit Redefreiheit und so weiter. Anscheinend hab ich mich geirrt. Ich werd's bestimmt nicht wieder tun, das verspreche ich.« Er sagte nichts, und so fuhr ich fort: »Washington hat Sie also beauftragt, mich unter die Lupe zu nehmen. Da fällt mir ein, schon auf der Fahrt vom Flugplatz hat mich so ein ungeschickter Bursche mit einem motorisierten Rollschuh verfolgt. Sonst noch irgendwas Neues?«
»Sind Sie sicher, daß Sie niemand namens Naguki kennen, Eric?«

»Ach, hören Sie doch auf«, sagte ich. »Der einzige, den ich in Honolulu kenne, ist Duke Kahanamoku, dieser Exolympionike – von dem hab ich mal irgendwo ein Foto gesehen. Probieren Sie bloß nicht, mir irgendwas anzuhängen, *amigo*. Ich bin nur ein bißchen vorlaut gewesen, weiter nichts. Versuchen Sie nicht, aus einer Mücke einen Elefanten zu machen. Ich hab volles Verständnis dafür, daß Sie mich beobachten, weil Sie den Auftrag dazu haben, aber denken Sie sich ja nicht irgendwelche Mätzchen aus. Ich kenne Sie, Monk, und Sie kennen mich, also lassen Sie das lieber. Was ist nun mit diesem Naguki?«
»Wieso interessiert Sie das, wenn Sie ihn nicht kennen?«
»Herrgott noch mal, wenn Sie mir was zu sagen haben, dann sagen Sie's. Wenn nicht, verschwinden Sie aus der Leitung und lassen Sie mich zu Bett gehen. Ich hab einen anstrengenden Tag hinter mir, Flugreisen machen mich immer schrecklich müde.«
Monk sagte langsam: »Wenn Sie Naguki nicht kennen, dann wird es Ihnen sicher nichts ausmachen, wenn wir ihn ein bißchen in die Zange nehmen.«
»Von mir aus vierteln Sie ihn. Kann ich jetzt schlafen gehen?«
Monk gab keine Antwort. Er legte einfach auf. Ich tat das gleiche und warf einen Blick in den Spiegel über dem Toilettentisch. Das war ein Fehler. Der Bursche im Spiegel sah aus wie ein kaltblütiger, abgebrühter Lump, der das Leben eines Mannes opfern würde, ohne mit der Wimper zu zucken. Ich versuchte mir einzureden, daß ich nichts hätte sagen können, was Naguki geholfen hätte. Wahrscheinlich stimmte das, doch es beruhigte mich nicht im mindesten.
Ich ging zu Bett. Nach einer Weile schlief ich sogar ein, doch plötzlich weckte mich ein schriller Schrei – wie mir schien, ganz in meiner Nähe. Ich rollte mich aus dem Bett und richtete mich zwei Meter davon langsam, in der Hand den Revolver, auf und starrte in die Richtung, aus der der Schrei gekommen war. Zu meiner Überraschung stellte ich fest, daß es heller Morgen war. Es war kein Mensch zu sehen.
Ich hatte, bevor ich zu Bett ging, die Fensterläden geschlossen, denn ich mache es einem Kerl mit einem Zielfernrohr nicht gern allzu leicht. Nichts rührte sich, weder drinnen

noch draußen. Vorsichtig stand ich auf und warf einen Blick ins Bad und in den Ankleideraum. Nachdem ich mich überzeugt hatte, daß dort keinerlei Gefahr lauerte, schlich ich zurück ins Schlafzimmer und stand einen Augenblick stirnrunzelnd da. Es herrschte tiefe Stille; dann hörte ich plötzlich wieder den gleichen schrillen, hysterischen Schrei, der mich geweckt hatte.

Ich ging auf die Veranda, riß die Läden auf und sah von meinem Aussichtspunkt im ersten Stock ein paar Vögel auf dem Schindeldach eines Bungalows. Sie waren etwa so groß wie Spatzen und zankten sich fürchterlich. Ich schüttelte den Kopf und fragte mich, ob ich nicht tatsächlich dringendst einen Urlaub brauchte.

Meine Uhr zeigte kurz vor halb sieben, doch ich fühlte mich nicht schläfrig genug, um mich noch einmal ins Bett zu legen. Ich streifte meinen Pyjama ab, zog eine Badehose und Sandalen an und schnappte mir ein Handtuch. Als ich hinunter an den Strand kam, sah ich, daß ich ihn ganz für mich allein hatte. Ein großes Kanu mit dem Namen des Hotels lag auf dem Sand. Das Wasser war klar und blau. Die Wellen, die aufs Ufer zurollten, waren nicht sehr hoch; einen knappen Kilometer weit draußen brach sich hin und wieder eine an einem Riff oder einer Sandbank und schäumte weiß auf.

Ich legte die Sandalen und das Handtuch auf eine Steinmauer, schlenderte durch den Sand und sah mich um. Es war meine erste Begegnung mit dem Strand von Waikiki. Hätte ich mir kindische Illusionen von einem weitgeschwungenen weißen Streifen Sand, überschattet von hohen tropischen Palmen gemacht, so wären sie in diesem Augenblick zerronnen. Sicher, ein paar Palmen standen da, doch hauptsächlich ist dieser weitgeschwungene weiße Streifen Sand von hohen Luxushotels überschattet. Gräßliche Klötze aus Beton und Glas.

Ich glaube, ein wenig enttäuscht war ich trotzdem. Ich watete ins Wasser, das so früh am Morgen ziemlich kalt war, und schwamm ein Stück hinaus, stellte dann aber fest, daß ich immer noch Grund hatte. Hier draußen bestand er jedoch nicht mehr aus Sand, sondern aus Korallen und Seetang, und es war nicht besonders angenehm, barfuß darauf herumzugehen. Da ich keine Ahnung hatte, was für tropische Meeresungeheuer womöglich in den Spalten lauerten, schwamm ich schnell zurück. Als ich auf den Strand zuwatete, blieb ich plötzlich stehen. Ein schlankes, braungebranntes, blondes Mädchen in einem winzigen Bikini kam den Strand herunter, auf dem Kopf ein rot-weißes-Surfboard – ein Brett zum Wellenreiten. Wenn man bedachte, daß das Brett zweieinhalb bis drei Meter lang und ziemlich breit war und vermutlich über dreißig Pfund wog, war das ziemlich erstaunlich; doch was mich zusammenschrecken ließ, war nicht ihre Kraftleistung. Einen Moment lang kam mir die Gestalt irgendwie bekannt vor. Claire hatte auch manchmal einen weißen Bikini getragen.

Natürlich war es nicht Claire. Claire lag auf der anderen Hälfte der Erdkugel unter einem Grabstein, und dieses Mädchen war größer und schlanker als sie. Sie war genauso braun wie Claire, doch ihr blondes Haar war dunkler – es sah eher aus wie von der Sonne gebleichtes braunes Haar –, und es fiel ihr bis auf die Schultern herab. Claires Haar war ziemlich kurz gewesen, wie eine silberne Kappe.

Als das Mädchen an mir vorbeiging, bedachte sie mich mit einem leichten, unpersönlichen Lächeln; so wie ein Frühaufsteher einem anderen zulächelt. Ein Stück weiter blieb sie stehen, lud ihr Brett ab, richtete sich einen Moment auf und strich sich das Haar aus dem Gesicht. Dann schob sie das Brett ins Wasser, legte sich darauf und paddelte mit kräftigen Stößen ihrer braunen Arme ins Meer hinaus. Der Kontrast zwischen dem weichen braunen Mädchen und dem harten Brett war sehr reizvoll. Wenn eine Welle sie überspülte, so kümmerte sie sich nicht darum. Es schien ihr nichts auszumachen, daß ihr Haar naß wurde. Offenbar war ihr nichts wichtiger, als dort hinaus zu kommen, wo die großen Wellen sich brachen. Und es ließ sie wohl auch kalt, daß ein Mann sie beobachtete.

Ich wandte mich seufzend ab und ging zu der Stelle, wo mein Handtuch und meine Sandalen lagen. Unter normalen Umständen hätte ich mich wahrscheinlich schleunigst umgesehen, wo es ein Surfboard zu mieten gab. Ich hatte zwar keine Ahnung, wie man damit umging, doch gerade das hätte mir einen wunderbaren Vorwand verschafft, sie anzusprechen und es mir von ihr beibringen zu lassen. Die Situation war jedoch nicht normal. Daß mir das Mädchen irgendwie bekannt vorkam, war kein Irrtum gewesen. Sie war nicht Claire, doch ich hatte ihr Foto vor kurzem auf der Leinwand des Erkennungsraums im Keller eines gewissen Hauses in Washington gesehen. Ich brauchte eine Weile, um mir die Einzelheiten in Erinnerung zu rufen, doch jetzt wußte ich es: ihr Deckname war Jill, und sie war im Pazifik stationiert – eine unserer meistversprechenden Nachwuchskräfte in diesem Gebiet – das heißt, eine von Monks meistversprechenden Nachwuchskräften.

Es konnte natürlich Zufall sein, daß sie sich gerade diesen Tag und dieses Hotel für ihr frühmorgendliches Rendezvous mit den Wellen ausgesucht hatte, doch ich glaubte das keine Sekunde. Und ich nahm auch nicht an, daß es besondere Schwierigkeiten bereiten würde, mit ihr bekannt zu werden. Im Gegenteil, ich hatte eher das Gefühl, es wäre schwierig gewesen, sie nicht kennenzulernen.

4

In der Morgenzeitung stieß ich auf Nagukis Namen. Während ich auf der Terrasse vor dem Speisesaal frühstückte, las ich von dem Unfall, der auf dem Pali passiert war, was immer das sein mochte.

Auf einem Foto war ein zugedeckter Leichnam zu sehen, der neben dem zerknautschten Wrack eines ein oder zwei Jahre alten Ford lag. Möglicherweise war es der zweite Wagen, der mich gestern auf der Fahrt vom Flugplatz zum Hotel verfolgt hatte. Vielleicht hatte Naguki versucht, mit mir Kontakt aufzunehmen, nachdem Monk ihm auf den Fersen war.

Obwohl ich Monk gut genug kannte, war ich ein wenig überrascht; nicht über den Mord – der erstaunte mich nicht –, sondern darüber, daß er durch seinen gestrigen Anruf bei mir praktisch seinen Namensstempel auf die Sache gedrückt hatte. Das bewies, wie sicher und mächtig und unverwundbar er sich hier draußen noch immer fühlte. Na ja, er hatte schon immer an Größenwahn gelitten.

»Was ist der Pali, Miss?« erkundigte ich mich bei der

Kellnerin.
»Pali ist hoher Felsen, Sir«, sagte sie. »Dort oben in Berge. Auf andere Seite ist Pali sehr steil. Auch Straße auf Pali sehr, sehr steil. Noch Kaffee, bitte?«
»Danke.«
Nach dem Frühstück holte ich mir meine Post von der Rezeption und fand darunter eine Einladung der Hoteldirektion zu einer Cocktailparty am gleichen Abend. Als ich sie gelesen hatte, schloß ich eine Wette mit mir ab, daß ich wußte, wo das Mädchen Jill seinen nächsten Annäherungsversuch starten würde.
Jedenfalls ging die Initiative im Moment ganz offensichtlich von der Gegenseite aus. Mir blieb vorläufig nichts anderes zu tun, als Tourist zu spielen, und so suchte ich mir aus dem Telefonbuch die Nummer eines Autoverleihs heraus. Sie schickten mir einen Kleinbus, der mich zu ihrem Büro brachte, wo ich für sehr wenig Geld einen reichlich heruntergekommenen Simca kriegte, der es kaum bis auf die Straße schaffte. Ich fuhr ihn auf den Hof zurück und ließ mir dafür zum doppelten Preis einen zweisitzigen englischen Sprite geben, der wenigstens ordentlich aufbrüllte, als ich ihn mit dem Fuß kitzelte.
Außerdem verschaffte er mir einen Grund, einigermaßen forsch zu fahren, denn einen Sportwagen mietet man schließlich nicht, um müde dahinzuschleichen. Der gute Francis, alias Bill Menander, hatte sich wieder hinter mich geklemmt, und es bereitete mir ein sadistisches Vergnügen, ihn den größten Teil des Tages mit Geschwindigkeiten, die seinen kleinen Datsun um Hilfe schreien ließen, herumzuhetzen.
Wir sahen uns das Aquarium an, wo ein Delphin durch einen Reifen sprang und uns alle naßspritzte, und danach besichtigten wir den Botanischen Garten, wo Orchideen wie Unkraut wucherten. Ziemlich viel Zeit verbrachten wir in verschiedenen Museen, wo wir die Geschichte Hawaiis studierten. Die ersten fünf Könige waren leicht zu merken, sie hießen alle Kamehameha. Danach begannen sie Ansätze von Individualismus zu zeigen, und ich verlor ihre Spur, achtete jedoch sorgfältig darauf, daß Francis meine Spur nicht verlor. Er eskortierte mich zurück zum Hotel, wo ich

gerade noch Zeit hatte, mich umzuziehen: die Einladung schrieb Jackett und Krawatte vor.
Dieser Vorschrift gemäß gekleidet, begab ich mich zu der Party, die auf einer von riesigen Weinranken überwucherten Terrasse stattfand. Man reichte mich herum und machte mich einigen Leuten aus New York bekannt, deren Interesse für mich nicht größer war als meins für sie, und dann sah ich Jill über die Terrasse schlendern, Orchideen im langen blonden Haar, das ihr offen über den Rücken hing und trotz ihres morgendlichen Bades nicht im mindesten strähnig war.
Als ich merkte, wie sie sich von ihren Begleitern abwandte, kehrte ich ihr den Rücken zu, um ihr die Möglichkeit zu geben, sich von hinten an mich anzuschleichen.
Dann hörte ich Schritte hinter mir, und eine Dame vom Hotelstab sagte: »Ich bin sicher, Sie werden sich gut verstehen. Mr. Helm ist auch aus Washington.«
In der Erwartung, Jill zu sehen, und bereit, eine Bemerkung über unsere frühmorgendliche Begegnung zu machen, drehte ich mich um, doch es war nicht Jill. Jill stand ein Stück weiter weg, und ihr hübsches Gesicht wirkte irgendwie enttäuscht. Die Frau vor mir, die gelangweilt und ein wenig arrogant lächelte, war attraktiv, dunkelhaarig und trug eine dunkle Brille, mit der sie an einen Filmstar inkognito erinnerte. Ich hatte sie noch nie gesehen, auch nicht auf Fotos. Ich war mir dessen völlig sicher, denn eine solche Frau vergaß man nicht wieder. Man entführte mir die New Yorker, um sie mit anderen hochinteressanten Leuten bekannt zu machen, und ich stand mit ihr allein da. Ich hatte nicht das Gefühl, einen schlechten Tausch gemacht zu haben, und Jill konnte warten.
Ich winkte einem Jungen, der einen Krug mit Rumpunsch herumreichte, doch sie wollte einen Scotch, und noch dazu eine bestimmte Marke, und so gingen wir zu der Bar, die man in einer Ecke der Terrasse für die Verwöhnten aufgebaut hatte.
Als man ihr Glas gefüllt hatte, hob sie es ein wenig, trank einen Schluck und nickte befriedigt. Eine Weile standen wir schweigend da: zwei Fremde, die man einander aufgezwungen hatte und die sich nicht viel zu sagen hatten. An ihrer

Miene merkte ich, daß sie nicht im mindesten darauf aus war, mit mir zu reden. Schließlich sagte ich: »Entschuldigen Sie, ich habe Ihren Namen nicht richtig verstanden.«
»McLain. Isobel McLain.«
Ich blickte auf ihre linke Hand. »Mrs. Isobel McLain?«
Sie lächelte kurz. »Ja. Mrs. Kenneth McLain, um ganz genau zu sein.«
»Mein Name ist Helm, Matthew Helm.«
»So.«
»Sind Sie schon lange auf Hawaii, Mrs. McLain?«
Solche Dialoge kann man meterweise auf Lager halten und bei Bedarf passende Stücke davon abschneiden. Nein, sie war noch nicht lange auf Hawaii. Erst ein paar Tage. Sie lächelte wieder und deutete auf ihr elegantes ärmelloses schwarzes Cocktailkleid. »Wie Sie sehen, noch nicht lange genug, um mich der hiesigen Mode anzupassen. Ich trage noch immer richtige Kleider. Wahrscheinlich werden sie mich aus dem Hotel rausschmeißen, wenn ich mir nicht bald ein Muu-Muu kaufe, doch diese primitiven Kostüme lassen mich ziemlich kalt.«
Das dürfte nicht das einzige sein, was Mrs. McLain kalt läßt, dachte ich. Und trotzdem – es klang fast wie eine Herausforderung, so als ob sie sich für einige wenige spezielle Dinge und Leute ganz schön erwärmen könnte und als ob sich der Versuch ganz sicher lohnen würde, herauszufinden, ob man zu diesen wenigen Begünstigten gehörte.
Sie war wirklich eine überaus attraktive Frau, vor allem in dieser Gesellschaft. Mindestens die Hälfte der anwesenden Damen, einschließlich Jill, trugen die bunten Eingeborenenkleider. Es gab sie in allen möglichen Variationen: lang und kurz, eng und weit, einfarbig und geblümt. Vor diesem Hintergrund formloser Baumwollgewänder sah Isobel McLain in ihrem gutsitzenden, schlichten schwarzen Kleid äußerst elegant und vornehm aus. Sie wirkte ziemlich groß, doch das war, wie ich aus meiner Höhe von einsneunzig herunterblickend feststellte, eine Täuschung. Ohne ihre hohen Absätze wäre sie wesentlich kleiner gewesen. Sie hatte eine hübsche, ausgesprochen weibliche, doch in keiner Weise vulgär überentwickelte Figur. Ihr Haar war dunkelbraun und kurz, ihre Züge regelmäßig, und ihre Zähne, ihre

Haut, ihre Haltung waren gut – was man alles auch von zweitausend anderen Frauen sagen konnte, nach denen man sich nie umgedreht hätte. Doch sie hatte ein gewisses Etwas, das einen Mann, der sich für langbeinige junge Dinger interessiert, sicherlich nicht so beeindruckt haben würde wie mich, doch mich warf es irgendwie um. Ich schätzte sie zwischen dreißig und fünfunddreißig, vielleicht auch etwas jünger.
»Ist Ihr Mann auch da, Mrs. McLain?« fragte ich.
Sie schüttelte den Kopf. »Kenneth und ich machen dieses Jahr getrennt Urlaub. Er findet es erholsam, Würfel auf einem Tisch kullern zu sehen. Oder Pferde, die über eine Rennbahn galoppieren. Oder Roulettträder, die sich im Kreis drehen.« Sie zuckte die Achseln. »Ich leider nicht. Und nach einer Weile hat man's satt, so zu tun, als ob, Sie verstehen?«
Ein leises, unbehagliches Gefühl ließ mich sie genauer betrachten; als Antwort auf eine einfache Frage hatte sie ein bißchen zuviel gesagt. Ich meine, eine kühle, reservierte, gelangweilte Dame, als die sie sich gab, hätte einen völlig Fremden kaum so schnell und so weitgehend in ihr Privatleben eingeweiht.
Oder vielleicht doch, fern von zu Hause und mit ein paar Whiskys in sich? Ich sah, wie sie schon wieder ihr Glas auf die Theke stellte, um es nachfüllen zu lassen. Trotzdem störte es mich irgendwie; es war wie eine Mahnung, daß in unserer Welt der Täuschung und Intrige nichts unbedingt das sein mußte, was es zu sein schien, nicht einmal eine hübsche Frau. Vor allem nicht eine hübsche Frau.
»Habe ich richtig gehört? Sie leben in Washington, Mrs. McLain?« fragte ich, und wir stürzten uns in eine Diskussion über die Hauptstadt der Nation und ihr fürchterlich sommerliches Klima. Ich stellte ihr ein paar Fallen – zu diesem Zweck hatte ich das Thema angeschnitten –, doch ich fing nichts damit. Ob sie tatsächlich in Washington lebte oder nicht – jedenfalls kannte sie die Stadt. Mir entlockte sie das Geständnis, daß ich ein schlechtbezahlter Regierungsangestellter sei, der seine Ersparnisse für einen extravaganten Urlaub hinausschmiß, und dann spielten wir eine Weile mit halbem Herzen das Kennen-Sie-den-und-den-Spiel. Keiner von uns war besonders überrascht, daß wir, abgesehen von

ein paar Oberkellnern, keinerlei gemeinsame Freunde oder Bekannte in Washington hatten. Damit war der beiderseitige Vorrat an Cocktailparty-Konversation ziemlich erschöpft, doch als das Schweigen allmählich peinlich zu werden begann, wandte sich die emsige Hotelhostess wieder an uns. »Hier ist jemand, der Sie unbedingt kennenlernen möchte, Mr. Helm. Miss Darnley meint, wer so früh aufsteht, um schwimmen zu gehen, muß ein interessanter Mensch sein.« Unser Mädchen in Honolulu hatte es endlich geschafft.

5

Während ich mich zu Jill, die mir als Miss Darnley vorgestellt worden war, umwandte, sah ich, wie Isobel McLain, an eine unsichtbare Kette gelegt, fortgeführt wurde. Vielleicht war das ganz gut so. Ich hatte offenbar keinen umwerfenden Eindruck auf sie gemacht; falls doch, so hatte sie es sich nicht anmerken lassen.

Bei Jill, alias Miss Darnley, war das anscheinend anders. Ihre gespannte Miene verriet, daß sie bloß darauf wartete, von mir beeindruckt zu werden, ganz gleich, wie dumm und langweilig ich mich erweisen würde.

»Nein, so was, das kleine Mädchen mit dem großen Brett. Wie war das Wellenreiten heute morgen, Miss Darnley?«

»Nicht besonders. Wir mußten zwischen den Sätzen endlos warten.«

»Sätze, wie beim Tennis?« fragte ich.

Sie lachte. »Die großen Wellen kommen in Sätzen oder Gruppen von einem halben Dutzend oder mehr, Mr. Helm. Manchmal gibt's eine lange Pause, in der man auf seinem Brett sitzen und warten muß, und dann schreit irgend jemand ›Draußen!‹, und man sieht, wie am Horizont die erste Welle von einem Satz aufsteigt. Dann paddelt man wie verrückt zu der Stelle, wo sie sich wahrscheinlich brechen wird. Meistens läßt man die ersten Wellen eines Satzes aus und wartet auf eine, die groß genug ist, um gut darauf zu reiten. Das ist aber nur bei der schwachen Brandung im Sommer hier am Strand von Waikiki so. Bei der starken Brandung im Winter, zum Beispiel am Sunset Beach – am

anderen Ende von Oahu – muß man sehr aufpassen, daß man keine zu große erwischt und umgerissen wird.«
Sie schien ziemlich nervös zu sein, und sie leierte ihre Lektion ein bißchen zu schnell herunter, fast wie ein Kind, das einem Erwachsenen imponieren will – aber vielleicht war ich ungerecht. Vielleicht benahm sie sich ganz natürlich, und es kam mir nur so vor, weil ich wußte, wer sie war, und mir ungefähr denken konnte, was sie wollte.
»Umgerissen«, sagte ich trocken. »Sätze. Brandung. Das ist ja wie eine Fremdsprache.«
Sie wurde ein wenig rot. »Anscheinend sind Sie kein Wellenreiter, Mr. Helm.« Sie sah mich kühl und irgendwie taxierend an. »Na ja, für Männer Ihres Alters ist das wohl nicht mehr das Richtige.«
Ich grinste. »Genau, Kleine. Opa wird manchmal fürchterlich vom Rheuma geplagt.«
Sie lachte. Nach Austausch dieser Beleidigungen waren wir Freunde. Sie sagte lächelnd: »Jeder Sport hat seinen Jargon. Aber tatsächlich, es sind vorwiegend junge Leute dort draußen; sie behandeln sogar mich schon wie eine alte Dame.«
»Nicht zu fassen! Ein halbes Kind wie Sie? Komisch. Man sollte denken, diese pompösen Hotels würden alles daransetzen, einen so interessanten Sport, den man sozusagen direkt vor ihrer Tür betreiben kann, auch älteren Touristen einzureden, die ein bißchen Geld zum Hinauswerfen haben.«
»Wellenreiten ist ziemlich anstrengend und nicht ganz ungefährlich.«
»Genau wie Skilaufen«, sagte ich. »Und wieviel Geld wird den Leuten damit aus der Tasche gezogen ... Was ist denn?«
»Die Dame von vorhin steuert wieder auf Sie zu. Ich hab eigentlich keine Lust, noch mehr bezaubernde Leute kennenzulernen. Sie?«
Nicht schlecht. Nun, da wir uns gefunden hatten, brauchten wir ihrer Meinung nach niemand mehr. Jeder Mann wäre stolz darauf gewesen, daß eine hübsche Blondine sich so an ihn hängte – selbst wenn diese Blondine etwas anhatte, das ungeheuer dem Winternachthemd meiner Großmutter ähnelte. Die Orchideen milderten das Ganze natürlich etwas. Ich verdrängte den Gedanken, daß sie zweifellos genau nach

Anweisung – nach Monks Anweisung – handelte, und blühte sichtlich unter der versteckten Schmeichelei auf.
»Sie sprechen mir aus der Seele, Miss Darnley – ich hab auch genug von diesem Wirbel. Wie wär's, wenn wir uns in die Büsche schlagen und dort drüben in der Freiluftbar, oder wie man das nennt, Zuflucht suchen würden? Was meinen Sie?«
»Das fände ich sehr nett, Mr. Helm.«
Sie stellte ihr Glas hin, nahm meinen Arm und raffte mit der anderen Hand ihr voluminöses Gewand hoch, so daß man ihre Sandalen und ein Stück von ihren schlanken braunen Beinen sah. Bald darauf saßen wir unter einem riesigen Baum auf der zum Meer hin gelegenen Terrasse der Bar, einer Art Pavillon. Nicht weit von uns führte eine dunkelhäutige, hübsche, doch etwas üppige junge Dame in einem langen roten Brokatgewand einen Hulatanz auf, begleitet von einer Ukulele, einer Gitarre, einem Kontrabaß und einem elektrischen Instrument, das aussah wie eine Harfe mit Beinen. Hinter der Kapelle, weit draußen auf dem Meer, dampfte im roten Schein der untergehenden Sonne langsam ein Schiff auf den Hafen von Honolulu zu.
»Sehen Sie das Schiff dort draußen? Ob das die berühmte *Lurline* ist, von der ich schon soviel gehört habe?«
Jill wandte sich nicht um. »Nein, die *Lurline* läuft immer am Samstagmorgen ein, und das ist ein ziemliches Ereignis. Müssen Sie sich unbedingt mal ansehen. Boote und Katamarane fahren ihr entgegen, und kleine Jungen tauchen nach Münzen, und alles schreit *Aloha.* Reichlich kitschig, aber ganz amüsant.« Sie blickte über ihre Schulter. »Das dürfte ein Transporter sein, der Truppen nach dem Fernen Osten bringt. Manche machen hier Station.« Sie lächelte mich an. »In Wirklichkeit interessiert Sie das Schiff doch gar nicht, Mr. Helm.«
Ich grinste. »Meinen Sie die Hulatänzerin? Ich hab schon öfter Mädchen mit den Hüften wackeln sehen.« Eine Kellnerin beugte sich über uns und wartete auf unsere Bestellung.
»Was möchten Sie, Miss Darnley? Irgendwas mit Rum?«
»Natürlich bleiben wir bei Rum«, sagte sie und blickte zu der Kellnerin auf. »Zwei *Mai Tais,* bitte... Das wird Ihnen bestimmt schmecken, Mr. Helm.«
»Mir schmeckt so ziemlich alles, wo Alkohol drin ist«, sagte

ich und fügte in gleichgültigem Ton hinzu: »Was sind das eigentlich für Vögel? Sie sehen aus wie Tauben und benehmen sich wie Spatzen.«
Jill warf einen Blick auf die Vögel, die unter den Tischen Krümel aufpickten. »Das sind Tauben«, erklärte sie. »Es gibt zwei Arten davon, große und kleine. Aber Sie sollten sich wirklich diesen Tanz ansehen, Mr. Helm. Es ist ein echter Hula. Schauen Sie ihre Hände an. Wie graziös sie sie bewegt.«
»Hände? Was für Hände? Ach, Sie meinen die *Hände* von der Tänzerin. Ja, wirklich. Sehr graziös.«
Jill lachte, und ich lachte mit ihr, und damit war das Thema Vögel beendet. Ich hatte ihr Gelegenheit gegeben, den Losungssatz mit den Seevögeln und Landvögeln zu sagen, und sie hatte sie nicht genützt. Das bedeutete entweder, daß sie nicht der Agent innerhalb der Organisation war, von dem Mac gesprochen hatte, oder daß sie sich noch nicht zu erkennen geben wollte. Aber ich hatte auch gar nicht erwartet, daß das so einfach gehen würde.
»Leben Sie hier auf Oahu, Miss Darnley?« fragte ich.
»Wenn ich das täte, würde ich wohl kaum im Hotel wohnen. Oahu ist nicht so groß, daß man nicht von jedem Punkt abends nach Hause könnte. Nein, ich lebe in Hilo. Das liegt auf der Hauptinsel von Hawaii, der mit dem Vulkan – wir nennen sie Big Island. Es gibt hier natürlich überall Vulkane, aber unserer ist von Zeit zu Zeit noch wirklich in Tätigkeit.« Sie lächelte. »Und mein Vorname ist Jill, Mr. Helm.«
»Jill Darnley. Klingt hübsch. Ich heiße Matt. Wie lange bleiben Sie in Honolulu, Jill?«
»Ach, eine Woche oder so. Kommt drauf an. Sagten Sie nicht vorhin, Sie können Ski laufen, Mr. Helm? Ich meine, Matt.«
»Das hab ich nicht gesagt, aber ich kann's. Ein bißchen. Wieso?«
»Wenn Sie Ski laufen können, dann wird es wahrscheinlich nicht schwierig für Sie sein, Wellenreiten zu lernen. Ich meine, es ist beides eine Frage der Balance. Wenn Sie Lust haben, morgen wieder so früh aufzustehen, könnte ich ein Brett für Sie besorgen und es Ihnen beibringen. Es ist wirklich ein herrlicher Sport, etwas ganz Einmaliges. Ich meine, natürlich nur, wenn Sie wollen.«

»Sehr gern, aber ich hoffe, das soll nicht heißen, daß Sie sich jetzt bis morgen früh von mir verabschieden wollen.«
»Nein, natürlich nicht«, sagte sie rasch, und dann kamen die *Mai Tais.* Wie sich herausstellte, bestand dieser Drink aus einer ungeheuren Menge Rum in einem großen Glas, in dem etwas Eis, ein Stück Ananas und – ich traute meinen Augen nicht – eine Orchidee schwammen. Jill klärte mich sofort über die Herkunft dieses merkwürdigen Trunkes auf, und ich hatte den Eindruck, sie wußte einfach über alles Bescheid, was es in dieser Gegend gab. Als wir unsere *Mai Tais* ausgetrunken und in Duke Kahanamokus Nachtclub gegessen, noch ein paar Gläser geleert und uns die Show angesehen hatten, kam ich mir wie ein alter Eingeborener vor. Erst lange nach elf kehrten wir ins Halekulani zurück. Wir blieben in der Halle stehen und sahen einander an. Nach einer kleinen verlegenen Pause räusperte ich mich und fragte: »Wie wär's mit einem Schlummertrunk? Rum habe ich leider keinen, aber was anderes, das Ihnen sicher auch schmecken wird. Es wird bei uns daheim aus Getreide gebrannt und heißt Bourbon.«
Sie lachte. »Machen Sie sich über mich lustig, Matt? Anscheinend habe ich geredet wie eine Fremdenführerin?« Ich sagte nichts. Sie wurde ernst, senkte den Kopf und lief ein wenig rot an, was ich ziemlich bewundernswert fand. Ein Mädchen, das es schafft, nach Bedarf rot zu werden, kann es in unserer Branche weit bringen, falls es lange genug am Leben bleibt.
»Also schön«, sagte sie. »Aber nur für ein paar Minuten.«
Wir sprachen nicht, als wir die Treppe hinaufgingen, doch sie schob ihre Hand unter meinen Arm, als wolle sie sich festhalten. Vielleicht hatte sie das wirklich nötig. Wir hatten im Lauf des Abends beide ansehnliche Mengen Rum getrunken.
Wir blieben vor meiner Tür stehen, und sie lehnte sich schläfrig an mich, als ich sie aufsperrte und hinter uns wieder verschloß. Jill machte sich von mir los und ging ins Schlafzimmer. Als ich mich umdrehte, stand sie wartend da und strich sich wieder einmal auf diese lässige, herausfordernde Weise ihr langes Haar zurück.
»Ich ... ich möchte eigentlich gar keinen Drink mehr, Matt«,

sagte sie, während ich auf sie zuging, und ließ dabei ihre Hände sinken.
»Das hab ich mir gedacht.« Ich blieb vor ihr stehen. »Aber irgendwas muß man als Mann ja sagen, nicht?«
»Sicher.« Sie lächelte. »Hilf mir bitte aus diesem komischen Kostüm... Oder, nein, küß mich lieber erst.«
»Gern.«
Ich küßte sie. Wie sie in meinen Armen atemlose Erregung mimte, war, rein technisch gesehen, eine hervorragende Leistung. Ich meine, für ein unerfahrenes Mädchen zog sie eine wirklich gute Schau ab, doch plötzlich ekelte mich vor uns und unserem Theater.
Sie war viel zu sehr damit beschäftigt, die Leidenschaftliche zu spielen, um es zu bemerken. Seufzend entwand sie sich meinen Armen, zog den Orchideenkranz über ihren Kopf und warf ihn auf einen Sessel. Das Muu-Muu-Gewand fiel zu Boden. Sie streifte scheinbar mit einer einzigen graziösen Bewegung Büstenhalter, Höschen und Sandalen ab, drehte sich wieder zu mir um und sah mich erwartungsvoll an.
Ich trat einen Schritt zurück. »Ausgezeichnet, Jill. Wirklich erstklassig. Berichten Sie Monk, daß Sie das prima gemacht haben.« Ihr Gesicht wurde blaß. Ich sagte schroff: »Jetzt ziehen Sie sich schnell wieder an, bevor Sie sich erkälten. Ich bin erwachsen und rede nicht mehr im Schlaf. Verführung ist was für kleine Jungen, und es überrascht mich eigentlich, daß Monk Sie bei einem alten Knaben wie mir so was versuchen läßt.«
Einen Moment herrschte Schweigen. Eins mußte ich ihr lassen – sie tat weder empört noch erhob sie nutzlose Proteste. Sie versuchte mir auch nicht einzureden, daß sie keinen Monk kannte und daß das ein entsetzlicher Irrtum von mir sei. Sie sagte überhaupt nichts.
Sie fuhr sich nur mit der Zunge über die Lippen und bückte sich, um ihre Sachen aufzuheben, und dann wandte sie sich wieder von mir ab und zog sie an. Sie ließ sich Zeit damit und befestigte in aller Ruhe sämtliche Haken und Knöpfe und Reißverschlüsse. Danach ging sie geradewegs zur Tür, blieb stehen, blickte über die Schulter und sagte:
»Das war... ein bißchen grausam, finden Sie nicht, Matt? So hätten Sie's nicht machen müssen.«

Ich starrte sie einen Moment an, als glaubte ich nicht recht zu hören. Dann eilte ich zu ihr, packte sie am Arm, drehte sie herum und drückte sie an die Wand.
»Grausam, Baby?« sagte ich wütend und beugte mich zu ihr vor. »Was wissen Sie denn schon von Grausamkeit? Wissen Sie, wo ich vor einem Monat war? Ich war in Europa und arbeitete mit einem Mädchen zusammen. Sie war braungebrannt und hübsch, wie Sie. Sie war blond, wie Sie. Sie hatte blaue Augen, wie Sie. Sie trug einen weißen Bikini, genau wie Sie. Und Sie glauben doch nicht etwa, daß diese Ähnlichkeit nur ein Zufall ist? Sie sind für diesen dreckigen Job ausgesucht worden, Jill, weil Agent Eric offenbar eine Schwäche für braungebrannte Blondinen hat; weil das Mädchen, mit dem ich drüben zusammengearbeitet habe, umgekommen ist und jemand die scharfsinnige Idee hatte, ich sei auf einen Ersatz aus. Sie haben es gerade nötig, von Grausamkeit zu reden, Süße. Machen Sie, daß Sie rauskommen.«
Sie rührte sich nicht. »Es ... es tut mir leid, Matt«, flüsterte sie. »Das hab ich nicht gewußt.«
Ich gab keine Antwort, machte die Tür auf und schob sie hinaus. Hinter ihr sperrte ich zu und wartete, bis ihre Schritte auf dem Gang draußen nicht mehr zu hören waren. Dann holte ich tief Luft und fragte mich, ob das ein taktischer Fehler oder ein Geniestreich gewesen war.
Einerseits würde Monk sich sicher fragen, wie ich sie so schnell hatte erkennen können, doch sie hatte sich auf so vielerlei Weise verraten, und das Ganze war ein so durchsichtiger Schwindel gewesen, daß es verdächtiger gewirkt hätte, wenn ich darauf hereingefallen wäre.
Ich schämte mich ein wenig wegen der rührenden Geschichte, die ich ihr erzählt hatte. Natürlich stimmte sie. Eben deshalb schämte ich mich ja. Es ist nie angenehm, mit seinen eigenen Gefühlen spielen zu müssen. Doch viel schlimmer ist es, sich unnötige Feinde zu machen. Ob Jill nun die Kontaktperson, die ich suchte, war oder nicht – auf jeden Fall schien sie eine Agentin mit viel Verstand und Mut zu sein, und es wäre ein Fehler gewesen, mir ihren Haß zuzuziehen. Ihre Einstellung zu mir könnte später, wenn die Würfel fielen, von Bedeutung sein. Ich hatte sie ziemlich grob zurückweisen müssen, damit es echt wirkte – auf sie und auf

die Mikrophone, die möglicherweise im Zimmer versteckt waren –, und eine Frau akzeptiert für solch eine tödliche Beleidigung nur eine Entschuldigung: daß sie ihr ein Mann mit gebrochenem Herzen zugefügt hat. Ich kam zu dem Schluß, daß ich mich genau richtig verhalten und Grund hatte, auf meine diabolische Gerissenheit stolz zu sein: Helm, die menschliche Rechenmaschine, unbeeinflußbar durch Sex oder Gefühle. Der schlechte Geschmack im Mund kam sicher nur von dem Rum.

Während ich so dastand und nachdachte, klingelte das Telefon. Ich ging hin und nahm es ab. Es meldete sich eine Frauenstimme, doch es war nicht Jill Darnley.

»Mr. Helm?«

»Ja?«

»Hier... hier Isobel McLain.« Die Stimme klang seltsam undeutlich und zittrig. »Zimmer sechzehn Strich zwei. Das ist im Erdgeschoß von Bungalow sechzehn, neben dem Tennisplatz. Könnten Sie... könnten Sie bitte sofort kommen? Die Tür ist offen. Bitte beeilen Sie sich.«

Ich wollte etwas sagen – vielleicht eine alberne Frage stellen –, doch da hatte sie schon aufgelegt.

6

Ich sah nach, ob mein fünfschüssiger 38er Revolver, den man mir in Washington mitgegeben hatte, geladen war, und warf einen Blick in das Etui mit den Reservepatronen. Da es für polizeiliche Zwecke bestimmt ist, enthält es sechs Stück; mit den meisten Polizeirevolvern kann man sechsmal schießen. Ich habe das noch nie sechsmal hintereinander tun müssen, aber ich bin ja auch kein Polizist.

Ich nahm mein Messer aus der Tasche und probierte, ob es sich leicht öffnen ließ, falls sich das als nötig erweisen sollte. Es sieht aus wie ein gewöhnliches Schnappmesser, nur vielleicht etwas größer, doch es hat ein paar spezielle Vorrichtungen. Zum Beispiel rastet die große Klinge ein, sobald sie aufschnappt. Ich überzeugte mich, daß ich meinen neuen Gürtel umhatte – auch er war mit einigen Schikanen ausgestattet –, und dann holte ich mir das kleine Etui mit den

Drogen und steckte es in eine Geheimtasche.
Wahrscheinlich sieht das nach äußerst umfangreichen Vorbereitungen aus, doch bei mitternächtlichen telefonischen Einladungen aufgeregter geheimnisvoller Damen bin ich immer etwas mißtrauisch.
Als ich gehen wollte, fiel mein Blick auf Jills Orchideenkranz, den sie auf dem Sessel liegengelassen hatte. Ich hob ihn auf und fragte mich, ob ich ihn ihr zurückgeben sollte, kam aber zu dem Schluß, daß eine solche Gewissenhaftigkeit schlecht zu dem widerlichen, brutalen Kerl passen würde, für den sie mich hielt – außerdem wuchsen auf dieser verdammten Insel die Orchideen wie woanders Gänseblümchen. Ich warf den Kranz in den Papierkorb, drehte das Licht ab und verließ das Zimmer. Ein Stück weiter am Korridor war eine Außentreppe, die in den Garten hinunterführte. Die Kanone in meiner Jackentasche umklammernd, ging ich die Treppe hinunter. Unten im finsteren Garten zog ich die Hand mit dem Revolver aus der Tasche. Es war ein idealer Ort für dunkle Geschäfte bei Nacht. Da und dort stand eine Laterne, doch ihr Licht reichte nicht weit durch das dichte Laub. Der Weg führte wie ein Tunnel unter riesigen Farnen, überhängenden Palmen und Sträuchern mit üppigen bunten Blüten entlang. Der Tennisplatz, an dem ich vorbeikam, war leer. Die Sonnenschirme über den Zuschauerbänken sahen im Dunkeln wie ungeheure Pilze aus. In dem Gebäude daneben brannte kein Licht, doch im Schein einer Laterne konnte ich die Zahl auf der ersten Tür lesen: 16-2. Als ich darauf zuging, stieß ich auf dem Weg mit dem Fuß an irgend etwas, das mit einem leisen Klirren wegrutschte. Ich bückte mich und hob es auf. Es war eine reichverzierte Sonnenbrille, die mir bekannt vorkam. Sie war heil. Mir fiel die zittrige Stimme am Telefon ein, und ich fragte mich, ob man das von ihrer Besitzerin wohl auch sagen konnte. Die Tür war das übliche dünne Ding mit Luftschlitzen statt festen Holzplatten. Als ich an dem Knopf drehte, öffnete sie sich lautlos, und ich stand auf einer finsteren Veranda, ähnlich der vor meiner Suite. Durch die Schlitze der Tür und der Fensterläden fiel das Licht in Streifen auf die Wände. Nebenan war vermutlich das Schlafzimmer. Es war stockdunkel.
Ich trat ein und stolperte über etwas Weiches, das auf dem

Boden lag. Eine Lampe ging an.
»Willkommen, Mr. Helm«, sagte Isobel McLains Stimme. »Schön, daß Sie so schnell hier sind.«
Ich fuhr zu ihr herum. Sie saß in einem der zwei großen Betten, die an der linken Wand standen, und sie war unbewaffnet und mehr oder weniger unbekleidet; das heißt, sie hatte nichts an außer einem hauchdünnen Nachthemd in dieser milchkaffeebraunen Farbe, die die Haut einer Frau überaus weiß erscheinen läßt. Ich sah, daß sie sehr schöne Schultern hatte. Das war die erfreuliche Seite der Sache.
Die unerfreuliche war, daß sie ein kleines Handtuch an ihren Kopf preßte. An dem Tuch und an ihrer Hand war Blut. Ihr Gesicht glänzte und war vor Schmerz verzerrt.
»Nein, Mr. Helm«, sagte sie gereizt, obwohl ich gar nichts geäußert hatte. »Ich bin nicht betrunken und hab mir auch nicht den Kopf irgendwo angestoßen. Schauen Sie sich mein Zimmer an!«
Ich schaute mir ihr Zimmer an. Es sah fürchterlich aus. Schubladen waren herausgezerrt, Türen standen offen, und überall lagen Wäschestücke und Kleider herum. Vor meinen Füßen entdeckte ich zusammengeknüllt das schwarze Kleid, das sie bei der Cocktailparty getragen hatte. Darüber war ich im Finstern gestolpert. Seit ich es zuletzt gesehen hatte, war eine Menge Schmutz und Blut draufgekommen. Daneben lag ihre Handtasche, und näher beim Badezimmer waren ihre Unterwäsche, ihre Schuhe und ihre Strümpfe verstreut.
Ich drehte mich wieder zu Isobel McLain um und hielt ihr die Sonnenbrille hin, die ich gefunden hatte. »Die haben Sie draußen verloren.« Ich legte sie auf einen Tisch. »Was ist passiert, Mrs. McLain?«
»Es waren zwei Männer«, erklärte sie. »Der eine muß sich im Gebüsch versteckt und auf mich gewartet haben. Als ich den Schlüssel aus meiner Handtasche nehmen wollte, muß er mich auf den Kopf geschlagen haben. Ich sage ›er muß‹, weil ich nicht genau weiß, was passiert ist. Ich lag plötzlich auf Händen und Knien, und mein Kopf tat schrecklich weh, und etwas Nasses lief an meinem Hals herunter. Komischerweise hatte ich nur einen Gedanken – daß ich mir auf dem Betonweg meine Nylonstrümpfe zerreißen würde, und daß ich sehr lächerlich aussehen mußte. Ist das eine normale

Reaktion, Mr. Helm?«
Ich zuckte die Achseln. »Es ist lange her, seit ich Nylons getragen habe, Mrs. McLain. Oder mich gefragt habe, ob ich lächerlich wirke.«
Sie lachte leise und zuckte zusammen. »Lassen Sie diese Witze. Mein Kopf tut weh, wenn ich lache. Also – nach ein paar Sekunden habe ich irgendwie gespürt, daß der Mann sich über mich beugt, und ich hatte Angst, daß er noch einmal zuschlägt. Deshalb habe ich so getan, als ob ich ohnmächtig würde. Er schleppte mich hier herein, und ich hörte, wie er zu dem anderen sagte, er solle sich beeilen und alles einfach so liegenlassen. Nach einer Weile sagte der andere, es hätte keinen Zweck, das Weib sei zu gerissen und es sei kein Beweis dafür zu finden, daß sie mit Helm in Verbindung stünde, obwohl sie ihn doch abends bei der Party kontaktiert hätte. Habe ich Sie kontaktiert, Mr. Helm?«
»Davon habe ich nichts bemerkt«, sagte ich. »Aber für jemand, der uns beobachtete, hat es vielleicht so ausgesehen.«
»Sie müssen mir mal erklären, was Kontaktieren bedeutet – ein andermal, wenn ich nicht solche Kopfschmerzen habe. Jedenfalls sind die zwei Männer gleich darauf gegangen. Als ich mir sicher war, daß sie nicht mehr zurückkommen würden, hab ich mich ausgezogen, ein hübsches Nachthemd übergestreift und Sie angerufen.« Sie lächelte mühsam. »Schließlich kann ich einen Mann doch nicht in einem schmutzigen Kleid und zerrissenen Strümpfen empfangen, nicht?«
Ich grinste. »Da haben Sie recht. Aber Sie scheinen trotz Ihrer Kopfschmerzen ziemlich schnell geschaltet zu haben. Warum haben Sie mich geholt? Warum nicht die Polizei?«
»Das hätte doch nur Unannehmlichkeiten gegeben. Ich bin nach Honolulu gekommen, um mich zu erholen, Mr. Helm, und um mich ein bißchen zu amüsieren – nicht um irgendeinem Polizisten alberne Fragen zu beantworten. Außerdem bin ich ja nicht bestohlen worden, und es gibt nichts, was mir die Polizei zurückbeschaffen könnte, oder? Aber vor allem habe ich Sie deshalb angerufen, weil die beiden Ihren Namen genannt haben. Ich dachte, es wird Ihnen bestimmt einiges wert sein, wenn ich das nicht der Polizei sage.«

Ich starrte sie einen Moment an. Es war das erstemal, daß ich sie ohne Sonnenbrille sah. Ihre Augen waren grau und zeigten einen Anflug von Humor. Sie war eigentlich nicht der Typ, das zu sagen, was sie eben gesagt hatte, auch nicht mit einem blutigen Handtuch am Kopf.
Zögernd fragte ich: »Erpressung, Mrs. McLain?«
Ihr Lächeln wurde etwas stärker. »Selbstverständlich, Mr. Helm. Was dachten Sie denn?«
»Was wollen Sie?«
Sie lachte leise. »Aber, mein Lieber. Ich möchte, daß Sie diese fürchterliche Unordnung beseitigen, denn zumindest indirekt sind Sie doch schuld daran. Ich möchte, daß Sie sich die Beule an meinem Kopf ansehen und mir sagen, ob ich einen Arzt brauche. Und falls ja, dann möchte ich, daß Sie mir einen besorgen, der den Mund hält.«
»Warum?«
»Ich bin nicht nach Hawaii gekommen, damit sich sämtliche Zeitungen auf mich stürzen. Mein Mann würde sich krank lachen. Er würde sagen, das hast du nun davon, daß du allein gefahren bist.«
Das war kein besonders überzeugendes Argument, doch ich ging nicht darauf ein, sondern fragte: »Wie kommen Sie auf die Idee, daß ich Ihnen einen verschwiegenen Arzt besorgen könnte?«
Sie blickte auf den Revolver in meiner Hand. »Stellen Sie sich nicht dumm. Ein Mann, der so was bei sich trägt, kennt sich meistens in solchen Dingen aus, oder?«
»Und sonst wollen Sie nichts?« Ich steckte den Revolver ein.
Sie lächelte wieder. »Sie scheinen nicht gerade in den besten Kreisen zu verkehren. Dachten Sie, ich will Geld von Ihnen?«
»Es wäre nicht das erstemal.«
»Ich bin sicher, daß es noch jeder, der das versuchte, bitter bereut hat. Sie sehen ganz so aus. Aber Sie müssen doch zugeben, daß meine bescheidenen Forderungen berechtigt sind. Ich meine, Ihnen habe ich diesen Besuch zu verdanken, nicht?« Sie runzelte die Stirn. »Ich möchte mich nicht in Ihre Angelegenheiten mischen, denn ich habe das Gefühl, es ist besser, einem Mann, der ein – wahrscheinlich geladenes – Schießeisen mit sich herumträgt, keine neugierigen Fragen zu stellen. Aber vielleicht sind Sie so freundlich, mir wenig-

stens eins zu verraten: Muß jede Dame, mit der Sie sich bei einer Cocktailparty einen Moment unterhalten, mit so was rechnen?«
»Ich fürchte, wir sind uns zufällig nur im falschen Augenblick begegnet«, sagte ich. »Anscheinend haben irgendwelche Leute falsche Schlüsse daraus gezogen.«
»Aha.« Sie zögerte. »Kennen Sie einen Mann namens Rath, Mr. Helm? Lawrence Rath?«
»Nicht unter diesen Namen. Wieso?«
»Ich sagte vorhin, es wären zwei Männer gewesen. Doch je mehr ich darüber nachdenke, um so mehr habe ich das Gefühl, es waren drei. Bei dieser Party hat sich ein Mann an mich herangemacht und mich zu ein paar Drinks eingeladen. Ich dachte natürlich, er will mir aus den üblichen Gründen Alkohol einflößen; deshalb habe ich ihn nach einer Weile abgewimmelt. Jetzt frage ich mich, ob er mich nicht nur von meinem Zimmer fernhalten wollte, damit die beiden anderen Zeit genug hatten, es zu durchsuchen.« Sie sah mich scharf an. »Kennen Sie ihn? Ein sehr interessant aussehender Mann mit den Schultern eines Affen und dem Gesicht eines gefallenen Engels.«
Ich fand, es war an der Zeit, daß Monk den Schauplatz des Geschehens betrat. Ich grinste Isobel McLain an. »Sie haben eine stark poetische Begabung, Madam, aber eine besonders gute Beschreibung ist das nicht. Ich habe leider nur wenige Engel unter meinen Bekannten, weder gefallene noch sonstwelche. Affen schon eher.«
Sie sah mich argwöhnisch an. »Sie reden eine Menge, Mr. Helm, und sagen dabei nichts. Ich bin überzeugt, Sie kennen diesen Mann.« Sie überlegte einen Moment, dann zuckte sie die Achseln. »Na schön. Räumen Sie das Zimmer wenigstens soweit auf, daß ich darin schlafen kann und daß das Mädchen morgen früh keinen Nervenzusammenbruch bekommt.«
Ich trat ans Bett. »Wenn Sie nichts dagegen haben, möchte ich mir erst mal die Beule an Ihrem Kopf ansehen. Haben Sie einen Blick auf die beiden Männer werfen können?«
»Sie überschätzen meinen Mut. Ich hab die Augen fest zugemacht und mich möglichst nicht gerührt... Au!«
»Verzeihung.« Ich betastete vorsichtig die Stelle über ihrem

Ohr. Ob sie selbst echt war oder nicht – darüber war ich mir noch nicht ganz im klaren –, das Blut war es. »Es ist nur ein kleiner Riß in der Kopfhaut, etwa einen Zentimeter lang«, sagte ich nach kurzer Untersuchung.
»Das ist alles? Es hat derart geblutet, daß ich dachte, er reicht bis auf den Knochen.«
»Kopfwunden bluten oft sehr heftig. Aber ich glaube nicht, daß Sie dafür einen Arzt brauchen. Der Riß ist so klein, daß er nicht genäht werden muß. Man kann natürlich nicht wissen, wie es darunter aussieht. Vielleicht haben Sie eine Gehirnerschütterung oder gar einen Schädelbruch.«
»Wenn es so etwas Ernstes wäre, hätte ich dann nicht wirklich das Bewußtsein verloren?«
»Nicht unbedingt.«
»Würden Sie an meiner Stelle einen Arzt holen?«
»Danach können Sie sich nicht richten«, sagte ich. »Ich weiß aus Erfahrung, daß mein Schädel ziemlich hart ist.«
»Na ja, am besten warte ich erst mal einen Tag. Sagen Sie – eine Frage, Mr. Helm. Ein Mann mit einem Revolver kann doch nur dreierlei sein: Verbrecher, Polizist oder Geheimagent. Was sind Sie?«
»Könnte ich nicht einfach nur ein Mann mit einem Revolver sein? Nein? Also schön – ich bin ein Agent.«
»Sie sagen das ein bißchen zu rasch. Was für ein Agent – für wen arbeiten Sie?«
»Für die amerikanische Regierung natürlich. Wenn ich für die russische oder chinesische arbeiten würde, würde ich's wohl kaum sagen.«
»Falls das stimmt – wovon ich noch nicht überzeugt bin –, bedeutet das dann, daß diese anderen Männer Russen oder Chinesen sind?«
»Das wären natürlich zwei Möglichkeiten.« Ich zögerte, denn es schien mir weder die richtige Zeit noch der richtige Ort für langatmige Erklärungen, ob wahr oder falsch. »Ich fürchte, mehr kann ich Ihnen nicht sagen, Mrs. McLain.«
Sie zuckte die Achseln. »Dann holen Sie mir wenigstens einen Drink.« Ich brachte ihr ein Glas Whisky und ging ins Badezimmer. Als ich mit einem nassen Waschlappen zurückkam, hatte sie es halb ausgetrunken. Ich wischte das Blut von ihrem Gesicht und ihrem Hals. Sie hatte die Augen

zugemacht, doch plötzlich schlug sie sie auf und sah mich mit einem irgendwie boshaften Blick an. »Wie fühlen Sie sich, Mr. Helm?«

Ich tat, als ob ich sie nicht richtig verstand. »Etwas enttäuscht«, sagte ich. »Da ich ein Gentleman bin, kann ich mich wohl nicht gut an eine Dame mit einer Gehirnerschütterung heranmachen. Sie hätten aber wirklich ein etwas solideres Nachthemd anziehen können, Madam.«

Sie lachte. »Das haben Sie nett gesagt. Ich komme mir sehr häßlich vor, aber das beruhigt mich einigermaßen. Wenn Sie jetzt bitte das Zimmer ein bißchen aufräumen würden? Sie sind mal verheiratet gewesen, nicht?«

»Ja.«

»Das merkt man einem Mann an. Dann wird es Ihnen wohl keine allzu großen Schwierigkeiten bereiten, meine Sachen etwas in Ordnung zu bringen. Und morgen können Sie mit mir zusammen Mittag essen und mir einiges über sich und Ihre geheimnisvolle Arbeit erzählen. Am besten im Royal Hawaiian, glaube ich. Ich möchte natürlich nicht, daß Sie Ihre komischen Geheimhaltungsvorschriften verletzen, Mr. Helm. Sie brauchen nichts weiter zu tun, als meine unverschämten Fragen mit amüsanten Lügen zu beantworten. Und dann suchen wir uns ein nettes Lokal zum Abendessen... Ja, Mr. Helm?«

»Hören Sie auf. Sie sind alt genug, um zu wissen, was Sie tun.« Sie lächelte. »Das ist zwar nicht sehr schmeichelhaft, aber es stimmt. Und ich bin auch alt genug, um zu wissen, daß mich eine Fortsetzung unserer Bekanntschaft in weitere äußerst unangenehme Situationen bringen kann. Das wollten Sie doch damit sagen, nicht?«

»Ja.«

»Mr. Helm, dessen bin ich mir völlig bewußt, und ich finde es herrlich. Seit ich in Honolulu bin, habe ich mich zu Tode gelangweilt. Jetzt habe ich gräßliche Kopfschmerzen, mein Zimmer sieht aus wie ein Schuttabladeplatz, ich habe mir ein Paar neue Nylons ruiniert, und mein schönes Kleid ist voll Blut – aber langweilen tu ich mich nicht mehr. Ich möchte also, daß Sie morgen mit mir Mittag essen, und ich möchte, daß Sie Ihre Kanone mitbringen. Ich habe noch nie mit einem Mann gegessen, der eine Kanone in der Tasche hat. Jetzt holen Sie mir noch einen Drink, und dann seien Sie so lieb, ein bißchen aufzuräumen und zu verschwinden, damit ich schlafen kann.«

»Sehr wohl, Madam.«

Als ich mich an die Arbeit machte, merkte ich, daß sie mich irgendwie prüfend ansah – wie ein Bauer, der ein Pferd gekauft hat und sich fragt, ob er ein gutes Geschäft gemacht hat. Was mich betrifft, so gefiel sie mir nicht schlecht. Wenn sie tatsächlich war, wofür sie sich ausgab – eine etwas abenteuerlustige Dame der besseren Gesellschaft mit einer Vorliebe für Whisky –, dann hatte sie immerhin ziemlich viel Mut.

Und wenn sie – was durchaus möglich schien – etwas ganz anderes war, dann war sie außerdem eine ausgezeichnete Schauspielerin. Jedenfalls sah es so aus, als ob ich nicht unter Einsamkeit würde leiden müssen, wenn ich auf ihr Angebot einging.

Na ja, ausgesprochen einsam hatte ich mich in Honolulu auch nicht gefühlt, bevor sie aufgekreuzt war.

7

Am Morgen ging ich wieder schwimmen, denn in gewissen kritischen Situationen ist es ganz gut, den Eindruck zu erwecken, daß man ein Gewohnheitsmensch ist. Außerdem war ich ein wenig gespannt, ob Jill nach dem, was vergangene Nacht zwischen uns passiert war, unsere Verabredung zum Wellenreiten einhalten würde.

Es war wieder ein klarer wolkenloser Tropenmorgen, und hinter den Vulkanfelsen östlich von Waikiki färbte sich der Himmel hell, doch heute hatte ich den Sonnenaufgang nicht für mich allein. Ein Stück weiter unten am Strand schmusten ein paar hübsche, verschlafen aussehende Mädchen mit ein paar hellwachen jungen Männern in khakifarbenen Badehosen, denen Erkennungsmarken am Hals baumelten. Vermutlich waren sie von dem Militärtransporter. Ich fand die Schnelligkeit, mit der sie diplomatische Beziehungen zur einheimischen Bevölkerung aufgenommen hatten, bewundernswert.

Sie beachteten mich kaum, als ich kurz ins kalte Wasser lief. Danach setzte ich mich zum Trocknen auf die Strandmauer und schaute aufs Meer hinaus.

»Ach, da sind Sie ja!« sagte plötzlich Jill hinter mir. »Ich hab Sie zuerst gar nicht gesehen und schon gefürchtet, Sie wären nicht gekommen.«

Ich blickte auf. Sie trug heute einen anderen Badeanzug – falls man es so nennen konnte: der Erfinder des karierten blauen Popelines hätte geweint darüber, wie sparsam man mit diesem billigen Material umging. Auf der Schulter hatte sie jedoch wieder das gleiche rote Brett.

»Nanu?« sagte ich. »Ich dachte, nach gestern abend sind Sie bestimmt zu Ihrem großen Bruder gerannt und haben ihn gebeten, Ihnen jemand zu suchen, der leichter zu verführen ist?«

Sie wurde rot. »Ich... ich hab noch ein Brett mitgebracht«, sagte sie nach kurzem Schweigen.

»Mein Gott, Sie sind aber wirklich eine Optimistin. Wenn ich Ihnen schon auf trockenem Boden nicht traue, glauben Sie, dann traue ich Ihnen in zehn Meter tiefem Wasser?«

»So tief ist es nicht«, sagte sie. »Moment. Lassen Sie mich das erst mal abladen.« Sie ging zum Ufer. Nach ein paar Schritten drehte sie sich unbeholfen um. »Bitte, kommen Sie doch, Matt. Seien Sie nicht so ekelhaft. Sie wissen doch, ich tu nur, was man mir befohlen hat.«

Seufzend stand ich auf. »Wo ist denn dieses verdammte Brett? Wahrscheinlich haben Sie es angebohrt, damit ich mit ihm untergehe...«

Es war eine reichlich komplizierte Angelegenheit. Schon raus aufs Meer zu kommen und eine Welle zu erwischen, war nicht einfach, obwohl Jill meinem Brett immer im richtigen Moment einen Stoß gab. Schließlich rollte eine mächtige Woge mit einem hübschen Kamm an, und Jill rief mir zu, aufzustehen, wie sie es schon ein halbes dutzendmal getan hatte. Diesmal schaffte ich es, ohne herunterzufallen, und als ich mein Gleichgewicht gefunden hatte, spürte ich, wie das Ding losschoß.

»Nicht schlecht«, sagte Jill, als ich zu der Stelle zurückpaddelte, wo sie auf ihrem Brett saß. »Jetzt die nächste. Versuchen Sie, ein bißchen zu steuern – dazu brauchen Sie nur Ihr

Gewicht auf die Seite zu verlagern, nach der Sie wollen... Matt?«
»Ja?«
»Wer ist diese frigide Brünette? Die, mit der Sie gestern auf der Party gesprochen haben?«
Ich grinste. »Wie kommen Sie auf die Idee, daß sie frigid ist?«
»Entschuldigung. Ich wollte Sie nicht beleidigen. Ich hoffe, Sie hatten letzte Nacht viel Spaß in ihrem Zimmer.«
»Sie sind ja bloß eifersüchtig, weil Sie mich nicht geschafft haben. Vielleicht mag ich keine braungebrannten Blondinen. Vielleicht mag ich's auch nicht, ständig beobachtet zu werden.«
»Das wäre schlimm«, sagte sie. »Wirklich schlimm. Sie müssen sich deshalb mit Washington auseinandersetzen, Matt, nicht mit mir. Aber Sie haben meine Frage nicht beantwortet.«
»Wenn sie nicht Mrs. Kenneth McLain aus Washington ist, dann weiß ich nicht, wer sie ist.«
»Möglich, daß sie Mrs. Kenneth McLain ist«, meinte Jill, »aber aus Washington ist sie nicht. Soviel haben wir über sie herausgekriegt. Sie hat sich übrigens schon vor Ihrer Ankunft im Hotel nach Ihnen erkundigt.«
Ich überlegte kurz. »Danke für den Tip. Ich hab mir schon gedacht, daß sie ein bißchen zu gut ist, um echt zu sein. Deshalb hat Monk also ihr Zimmer durchsuchen lassen. Aber es könnte ja auch immerhin sein, daß Sie mich anlügen.«
»Natürlich«, bestätigte Jill lächelnd.
Ich schnitt eine Grimasse. »Na ja, ganz egal, wer sie ist – sagen Sie Ihren Freunden, daß es eine reichlich primitive Methode ist, Leuten Revolver über den Schädel zu hauen, abgesehen davon, daß es dem Revolver nicht guttut. Es gibt viele andere Möglichkeiten, jemand außer Gefecht zu setzen.«
»Woher wollen Sie wissen, daß es ein Revolver war?«
»Ein Gummiknüppel hätte die Kopfhaut nicht so verletzt. Sie hat sich wirklich nach mir erkundigt? Vor meiner Ankunft?«
»Wirklich.« Jill blickte an mir vorbei. »Draußen! Machen Sie sich fertig. Versuchen Sie die mal ganz allein zu erwischen. Wenn ich ›Los‹ sage, paddeln Sie wie verrückt... *Los!*«

Ich merkte, wie mich die Welle hochhob, ruderte verzweifelt mit beiden Armen und spürte, wie das Brett losschoß; dann tauchte seine Spitze ins Wasser, das hintere Ende stieg hoch, und ich fiel herunter. Der halbe Pazifik brach über mich herein. Ich tauchte an die Oberfläche, holte mir das Brett und paddelte zu Jill zurück. Die Sonne war inzwischen aufgegangen, und das Wasser war plötzlich warm und angenehm. Der Strand hatte sich belebt. Als eine große Welle auf uns zukam, drehte ich mein Brett herum, doch sie brach sich ein ganzes Stück vor uns, so daß nichts mehr mit ihr anzufangen war.
»Matt? Meinen Sie das wirklich?«
»Was?«
»Was Sie angeblich in Washington gesagt haben. Über... über unsere Einmischung in Asien.«
Ich sah sie einen Moment verärgert an. Sie saß rittlings auf ihrem Brett. Ihr nasses blondes Haar fiel über ihren Rücken, und ihr schlanker, fast nackter Körper war braun, feucht und verführerisch. Es ärgerte mich, daß sie die angenehme, faule Stimmung zerstört hatte.
»Wirklich schade, Mädchen. Wir hätten außerdienstlich noch eine Menge Spaß miteinander haben können. Vielleicht lernen Sie's eines Tages, nicht so ungeschickt auf den Busch zu klopfen. Bis später.«
Ich legte mich auf mein Brett und paddelte aufs Hotel zu. Sie rief meinen Namen, doch ich kümmerte mich nicht darum. Bald darauf hörte ich hinter mir ihr Plätschern und das Zischen ihres Brettes, das viel schneller als meins durchs Wasser schoß.
»Matt!« sagte sie, als sie neben mir auftauchte. »Matt, warten Sie doch! Ich wollte ja nicht...«
Ich hörte zu paddeln auf, und wir trieben langsam nebeneinander dahin. »Glauben Sie wirklich, ich bin dumm genug, den gleichen Fehler noch mal zu begehen? Okay, ich gebe zu, ich habe einmal eine nebensächliche Bemerkung auf eine Frage hin gemacht, die ich ebenfalls für nebensächlich hielt, und das war falsch von mir. Wer jetzt meine politischen Ansichten hören will, der muß mir schon eine ziemliche Dosis Scopolamin oder Pentothal spritzen. Habe ich mich klar genug ausgedrückt?«
»Matt, ich...«

»So, und jetzt zu Ihnen«, fuhr ich fort, ohne sie zu Wort kommen zu lassen. »Ich weiß, daß Sie den Auftrag haben, mich zu beobachten und sich, wenn möglich, in mein Vertrauen einzuschleichen. Ich habe Ihnen das nicht übelgenommen. Verdammt noch mal, ich hab Sie letzte Nacht sogar davor bewahrt, sich lächerlich zu machen. Und was ist der Dank dafür? Sie versuchen mich zu unbesonnenen Äußerungen zu provozieren!«

Sie befeuchtete ihre Lippen. »Aber das stimmt ja gar nicht! Ich habe Sie nur gefragt, weil... weil ich's wirklich gern wissen wollte. Weil ich genau das gleiche denke, was Sie denken!«

»Ach nein, wie reizend!« Ich sah sie verächtlich an. »Dann sind wir also politisch ein Herz und eine Seele, was? Mädchen, dieser Trick ist mindestens so alt wie die Helfen-Sie-mir-doch-bitte-aus-meinem-Kleid-Masche, die Sie letzte Nacht probiert haben. Sagen Sie Monk lieber, er soll das Drehbuch umschreiben lassen. Es ist miserabel.« Ich paddelte weiter. »Vielen Dank für den Unterricht im Wellenreiten, Jill.«

»Matt, warten Sie doch!« rief sie. »Ich muß Ihnen noch was sagen. Wegen... wegen den Vögeln. Wegen den Seevögeln, Matt!«

8

Ich schwenkte mein Brett herum, was nicht so einfach war, wie es sich anhört, denn es hatte eine Art Kiel, damit es geradeaus schwamm. Es gelang mir jedoch, und ich paddelte zu ihr zurück. Sie empfing mich mit vorwurfsvoller Miene.

»Hol Sie der Teufel, ich wollte doch nicht...«

»Vergessen Sie, was Sie nicht wollten«, unterbrach ich. »Wenden Sie den Kopf zum Meer hin, wenn Sie sprechen. Vermutlich beobachtet uns jemand vom Ufer aus. Wenn er bloß einen Feldstecher hat, ist alles okay, aber mit einem guten, starken Teleskop könnte er sogar aus dieser Entfernung von unseren Lippen ablesen, was wir reden. Sind Sie sicher, daß in den Brettern nichts drin ist? Haben Sie sie heute morgen untersucht?«

»Ja, natürlich! Ich weiß, ich hätte Ihnen sagen sollen...«
»Los, sagen Sie's schon.«
»Auf Hawaii gibt es nur wenig Seevögel«, verkündete sie gereizt.
»Ja, aber dafür sehr viele Landvögel«, entgegnete ich.
Sie holte tief Luft. »Verdammt, ich hätte noch nicht reden dürfen. Je mehr Gerede, desto größer das Risiko. Warum mußten Sie sich bloß so unmöglich aufführen – letzte Nacht und jetzt eben? Sie haben gewußt, daß jemand Sie früher oder später kontaktieren würde. Sie hätten sich wirklich denken können, daß ich es bin. Und dann benehmen Sie sich derart, daß Sie fast alles ruiniert hätten. Warum?«
»Unter anderem deshalb, um Ihr dummes kleines Hirn endlich zu einem Entschluß zu bringen, falls Sie diejenige welche waren«, erklärte ich grob. »Und andernfalls, um Sie loszuwerden.«
»Einfach unerhört, wie Sie sich aufführen! Ich habe mit Washington vereinbart...«
»Sie sollen Ihr Gesicht vom Ufer abwenden«, wiederholte ich. »Was, zum Teufel, berechtigt Sie, mit Washington auf Kosten von uns anderen irgendwelche Vereinbarungen zu treffen? Na schön, wenn schon. Mit mir haben Sie nichts vereinbart. Bloß weil Sie auf Nummer Sicher gehen wollen, ist bereits ein Mann umgekommen. Ich habe keine Lust, der zweite zu sein.«
»Das ist nicht fair!« fuhr sie mich an. »Es war nicht meine Schuld, daß Naguki...«
»Naguki hat für Sie den Blitzableiter gespielt, Baby. Das war sein Auftrag. Er hat den Blitz, der für Sie bestimmt war, abgefangen. Was mich betrifft, so bin ich dafür ungeeignet, und lege auch keinerlei Wert darauf. Außerdem habe ich Ihnen gestern abend das Stichwort für Ihre Bemerkung über Seevögel gegeben. Da Sie nicht darauf eingegangen sind und sich mir nicht zu erkennen gaben, haben Sie kein Recht, sich zu beschweren, daß ich mich Ihnen gegenüber nicht richtig benommen habe.« Sie wollte etwas sagen, doch ich schüttelte den Kopf. »Genug jetzt; wir können nicht den ganzen Tag hier herumsitzen und uns streiten. Informieren Sie mich schnell. Was haben Sie bis jetzt herausgekriegt? Was hat Monk vor?«

»Ich ... ich – das weiß ich noch nicht.«
»Das ist mir wirklich eine große Hilfe«, sagte ich giftig. »Was wissen Sie denn?«
»Reden Sie nicht so mit mir! Sie haben kein Recht, mich zu kritisieren. Sie haben nicht wochenlang so gelebt wie ich, in der ständigen Angst, daß man dahinterkommt ...« Sie schüttelte sich. »Sie kennen Monk nicht – Sie wissen nicht, wozu er imstande ist.«
Es war nicht der richtige Moment, darüber zu streiten. »Ich hab mein Taschentuch am Strand liegenlassen, sonst würde ich's Ihnen gern borgen. Wie wär's, wenn Sie Ihre Tränen mit der Hand trocknen und mir dann endlich verraten, was Sie wissen.«
»Sie überheblicher, widerlicher ...« Sie verstummte. Ich grinste sie an. Da begann sie zu lachen, was mich mit Erleichterung erfüllte. Ich hatte mich schon gefragt, ob sie wirklich mutig und intelligent genug war, daß man etwas mit ihr anfangen konnte. Doch daß sie lachte, gab mir wieder Hoffnung. »Schon gut, Matt. Nehmen Sie's mir nicht übel. Aber Sie müssen doch verstehen, daß mir nicht ganz wohl in meiner Haut ist. Ich mache so was zum erstenmal.«
»Nur nicht den Mut verlieren! Beim zweitenmal werden Sie sich genausowenig wohl fühlen, und beim zweiundzwanzigstenmal wird's auch nicht anders sein. Sie werden nur mit der Zeit dahinterkommen, daß man an Angst nicht stirbt.«
Sie schnitt eine Grimasse. »Das ist wirklich sehr ermutigend! Vielen Dank! Was möchten Sie wissen?«
»Fangen wir mit dem politischen Teil an.«
»Was meinen Sie damit?«
»Wieso haben Sie sich bei Ihren politischen Ansichten unserer Organisation angeschlossen – besser gesagt, Monks? Sind Sie tatsächlich gegen unsere Einmischung in Asien, wie Sie vor ein paar Minuten angedeutet haben?«
»Natürlich bin ich dagegen – Sie etwa nicht?« konterte sie scharf. »Das war ja mein Beweggrund. Monk hat uns versprochen, daß sich uns eine Möglichkeit bieten würde, etwas dagegen zu tun. Gegen all die furchtbaren Dinge ...«
»Wen meinen Sie mit ›uns‹?«
»Na ja, alle die Neuangeworbenen.«
»Wie viele sind das?«

»Keine Ahnung. Vielleicht ein halbes Dutzend. Sie kennen das ja. Man sorgt dafür, daß wir so wenig wie möglich voneinander erfahren. Ich weiß nur von denen, die ich selber empfohlen habe. Monk hat mich gebeten, ihm ein paar Namen zu nennen. Matt...«

»Sind das alles so junge Leute wie Sie? Und haben sie alle solche verschrobenen Ideen?«

»Ja, natürlich. Ich meine...« Sie starrte mich an. »Matt, bedeutet das, daß das, was Sie angeblich in Washington gesagt haben, nicht wirklich Ihre Ansicht ist?«

»Was ich gesagt habe, habe ich aus rein strategischen Erwägungen gesagt, nicht aus irgendwelchen sentimentalen Anwandlungen heraus.«

»Dann... dann tun Sie mir leid! Anscheinend machen Sie diesen fürchterlichen Job schon so lange, daß Sie jedes menschliche Gefühl verloren haben!«

»Durchaus möglich, aber ich verstehe nicht, was das mit unserer Angelegenheit zu tun hat – meiner Meinung nach ebensowenig wie meine politischen Ansichten. Ich bin nicht hier, um Material für einen polemischen Leitartikel zu sammeln, sondern um einen Auftrag durchzuführen, und Sie sollen mich mit den Informationen füttern, die ich dazu brauche. In der Hinsicht fühle ich mich bis jetzt verdammt unterernährt.« Ich warf ihr einen ärgerlichen Blick zu. »Fangen wir also endlich damit an. Habe ich Sie richtig verstanden: Monk ist ebenfalls gegen unsere militärische Einmischung in Asien, um mal beim üblichen Jargon zu bleiben? Und er hat Sie und andere halbwüchsige Idealisten mit dem Versprechen angeworben, daß er Ihnen die Möglichkeit geben wird, die Welt glücklich und zufrieden zu machen?«

»Ja«, bestätigte sie mürrisch. »Ja, er... er wirkte sehr überzeugend.«

»Das glaub ich. Wenn sein asketisches Antlitz so vor Begeisterung glüht und seine klaren blauen Augen fanatisch funkeln... Das ist einer seiner größten Aktivposten. Was hat Sie aufgeweckt, Jill? Was hat Sie aus der Hypnose herausgerissen?«

»Nichts hat mich herausgerissen«, sagte sie wütend. »Ich war nicht hypnotisiert. Ich bin kein kleines Kind, Matt; ich habe gewußt, was ich tue. Und meine Ansichten haben sich nicht im mindesten geändert!« Sie zögerte. »Ich ... ich hatte nur keine Ahnung, wie weit er gehen wollte. Ich meine, daß man gegen die Außenpolitik seines Landes ist, bedeutet doch noch nicht ... Also, mir paßt das nicht, was die dort in Washington machen, aber das heißt doch nicht, daß ich für Moskau oder für Peking bin, in diesem Fall für Peking. Und als ich dahinterkam, daß Monk mit Peking in Kontakt steht und daß sie ihm Spezialisten geschickt haben, die ihm helfen sollen ...«

»Was für Spezialisten? Und wobei sollen sie ihm helfen?«

Sie schüttelte den Kopf. »Keine Ahnung, Matt. Das konnte ich nicht herauskriegen.«

Allmählich beschlich mich das bedrückende Gefühl, daß sie nie etwas herauskriegen würde, was Monk sie nicht herauskriegen lassen wollte. Doch noch mehr beunruhigte mich die Frage, ob Monk sich etwa gar nicht bemüht hatte, das, was sie herausgekriegt hatte, zu verbergen. Er war viel zu gerissen und vorsichtig, um hochverräterische Verhandlungen auf eine Art und Weise zu führen, daß jeder Grünschnabel über die Beweise dafür stolperte – außer er wollte, daß man über die Beweise stolperte. Und das würde bedeuten, daß er ein viel raffinierteres Spiel trieb, als irgend jemand annahm. Aber vielleicht überschätzte ich ihn – zumindest hoffte ich das.

»Wissen Sie, wann diese Spezialisten eingetroffen sind?«

»Sie sollten Anfang dieser Woche kommen und etwas mitbringen, was Monk braucht. Ich konnte natürlich nicht danach fragen – ich soll ja gar nichts davon wissen – aber es deutet nichts darauf hin, daß irgendwas schiefgegangen ist.«

»Falls sie eingetroffen sind – wo könnten sie dann sein?«

»Er würde bestimmt nicht zulassen, daß sie sich auf Oahu herumtreiben. Wahrscheinlich hat er sie so schnell wie möglich nach K gebracht.« Sie kam meiner Frage zuvor: »Was das ist, weiß ich nicht genau – ich hab nur öfter davon gehört. Es muß eine Art Basis oder Versteck sein, wo sie ihre geplante Aktion vorbereiten. Sie sprechen immer nur von K. Ich bin bis jetzt nicht dahintergekommen, wo es liegt.« Sie schwieg einen Moment, dann fuhr sie fort: »Tut mir leid, daß ich Ihnen so wenig weiterhelfen kann. Ich habe mich nicht getraut, danach zu fragen. Aber ich kann's ja mal versu-

chen.«
»Versuchen Sie's – wir werden ja sehen, ob etwas dabei herauskommt.«
»K muß vom Wasser aus zugänglich sein, denn sie fahren mit dem Motorboot hin, und manchmal, wenn der Passat zu stark ist, müssen sie die Fahrt tagelang verschieben. Es ist natürlich möglich, daß sie irgendwo in ein Auto oder Flugzeug umsteigen, aber das glaube ich nicht. Und wenn K nahe am Wasser liegt, dann vermutlich nicht auf einer Insel wie dieser mit einer rundum befahrbaren Küstenstraße. Sie würden bestimmt nicht riskieren, daß Fischer oder Touristen zufällig darauf stoßen könnten, oder daß man das Boot ein- oder auslaufen sieht. Sie kennen sich doch geographisch einigermaßen aus oder? Die Hauptinseln sind Kauai und Oahu, wo wir sind – sie liegen am weitesten nordwestlich. Dann kommen Molokai, Maui und Hawaii – dort im Südosten, hinter dem Diamond Head.« Sie wollte die Hand heben.
»Zeigen Sie nicht mit dem Finger!« herrschte ich sie an.
»Verzeihung«, sagte sie verlegen. »Also: Oahu selbst kommt wohl wegen der Straßen nicht in Frage, ebenso Maui und Hawaii. Es gibt zwar entlang der Küste von Hawaii verschiedene einsame Plätze, aber bis dorthin sind es mehrere hundert Kilometer. Nicht einmal die Rennboote, die sie benützen, haben einen solchen Aktionsradius, und ich habe nie beobachtet, daß sie zusätzlichen Treibstoff mitgenommen haben. Außerdem habe ich aufgepaßt, wie lange sie wegbleiben – manchmal ein paar Tage, manchmal aber auch nur fünf oder sechs Stunden. In dieser Zeit kommt man mit dem schnellsten Boot nicht bis Hawaii und zurück.«
Sie stieg langsam wieder in meiner Achtung; zumindest ein bißchen was hatte sie herausgekriegt und darüber nachgedacht.
»Wo liegen diese Rennboote?«
»Hier in Honolulu, im Jachthafen. Es sind zwei – eins davon mit Außenbordmotor –, zugelassen auf zwei verschiedene Besitzer. Im Moment ist aber nur das mit dem Außenbordmotor da. Das andere ist seit vorgestern nacht verschwunden. Sie machen die Fahrten meistens bei Nacht. Vermutlich ist es in K. Vielleicht haben sie damit die Chinesen und das,

was sie mitgebracht haben, hinbefördert.«
»Was sie mitgebracht haben, wissen Sie nicht?«
»Nein.«
»Hat Monk hier irgendwo ein Haus oder ein Hauptquartier?«
»Ja, er hat in einem vornehmen Viertel hinter dem Diamond Head eine große Villa gemietet, unter dem Namen Rath. Ein rosa Haus mit Swimming-pool...«
»Sie brauchen es mir nicht näher zu beschreiben«, unterbrach ich. »Ich habe vorläufig nicht die Absicht, Detektiv zu spielen, außer es passiert irgendwas besonderes. Zurück zu K. Wenn Ihre Beobachtungen richtig waren, dann kommen Oahu, Maui und Hawaii nicht in Frage. Was ist mit den kleineren Inseln? Davon gibt's doch eine ganze Menge, nicht?«
»Ja. Aber die meisten sind nur aus dem Wasser ragende vulkanische Felsen, an denen man schwer landen kann und die von der Küste aus gut zu beobachten sind.« Sie schüttelte den Kopf. »Ich glaube, daß sich K auf einer der nahe gelegenen Hauptinseln befindet. Meiner Meinung nach auf Molokai. Das liegt etwa fünfzig Kilometer südöstlich von hier, ist für ein schnelles Boot bei gutem Wetter leicht zu erreichen und bietet alle Voraussetzungen. Ich würde auf Molokai fünf zu eins setzen.«
»Dort gibt's doch eine Leprakolonie, nicht?«
»Ich bitte Sie, Mr. Helm! Heutzutage heißt das Hansen'sche Krankheit.«
»Und unsere alten Knacker heißen Senioren und Wohnanhänger mobile Eigenheime. Es lebe das Jahrhundert der Verlogenheit«, sagte ich. »Aber wer würde denn ein Versteck mitten zwischen Opfern der Hansen'schen Krankheit anlegen, denen das Fleisch von den Knochen fällt? Sicher, es wäre hervorragend geeignet, aber wenn sich nun jemand ansteckt?«
Jill lachte. »Diese Krankheit ist längst nicht so ansteckend, wie man früher gedacht hat, Matt. Außerdem ist Molokai eine ziemlich große, schöne Insel, auf der hauptsächlich normale, gesunde Menschen leben. Die Kolonie Kalaupapa liegt auf einer kleinen, unzugänglichen Halbinsel an der Nordküste. Der Rest besteht aus Ananas- und Zuckerrohr-

plantagen und Bergen. Ziemlich hohen Bergen, über fünfzehnhundert Meter. Sie nehmen fast die ganze nordöstliche Ecke von Molokai ein und den größten Teil der östlichen Hälfte. An der Südküste führt eine Straße entlang, doch nicht bis zum Ende der Insel. Von dort bis Kalaupapa an der Nordspitze zieht sich ein leerer etwa über dreißig Kilometer langer Küstenstreifen, eine der wildesten Gegenden, die Sie sich vorstellen können. Berge ragen direkt aus dem Meer auf. Tiefe Schluchten, hohe Wasserfälle, undurchdringlicher Dschungel. Molokai ist die unterentwickeltste von allen Inseln. Es gibt kaum Touristenhotels, und die Gefahr, daß man auf Menschen stößt, ist sehr gering. Ich bin ziemlich sicher, daß K sich auf Molokai befindet.«

Offenbar hatte sie sich eingehend mit der Frage beschäftigt, und sie kannte diese Inseln.

»Okay, fassen wir mal theoretisch den nordöstlichen Teil von Molokai ins Auge. Können Sie noch nähere Angaben machen? Oder haben Sie mir sonst noch was zu sagen?« Sie schüttelte den Kopf. »Schön, dann lassen wir das vorläufig. Was werden Sie berichten?«

Sie runzelte die Stirn. »Wie meinen Sie das?«

»Zum Teufel, Sie müssen ihnen doch irgendwas zum Fraß vorwerfen. Wir können nur hoffen, daß sie keine Geräte haben, um unser Gespräch mitzuhören, aber daß ich weggepaddelt bin und Sie mich zurückgerufen haben, konnten sie nicht übersehen. Wie wollen Sie erklären, daß ich zurückgekommen bin?«

»Darüber hab ich noch gar nicht nachgedacht.«

»Das ist doch ganz einfach«, sagte ich. »Sie haben mir zugerufen, daß Sie mich lieben. Daß Sie ganz verrückt nach mir sind. Damit haben Sie mich zurückgeholt.«

»*Was?*« Sie sah mich entgeistert an. »Also wirklich, Matt...!«

Ich grinste. »Sie tun ja so, als ob das völlig unmöglich wäre. Das ist aber nicht gerade schmeichelhaft. Ich bin also zurückgekommen und habe Ihnen gesagt, daß ich das für einen reichlich geschmacklosen Trick halte, und daß Monk sich etwas Besseres ausdenken sollte. Okay?«

Sie zögerte. »Aber... das ist doch absurd. Ich hab Sie doch erst gestern kennengelernt. Ich kann Ihnen doch unmöglich gesagt haben, daß ich Sie... Wenn ich Monk so etwas

Albernes erzähle, wird er denken, ich bin übergeschnappt.«
»Genau. Sie haben sich Hals über Kopf in mich verliebt – wahnsinnig. Sie haben völlig den Verstand verloren. Sie haben mir das erklärt, und ich hab's Ihnen nicht geglaubt. Darüber haben wir hier draußen gesprochen. Und als Sie mich schließlich halb überzeugt haben, daß das kein Schwindel ist, da hab ich Sie ein dummes kleines Mädchen genannt und gesagt, Sie sollen wieder Murmeln spielen gehen. Jetzt packen Sie mich am Arm, als ob Sie mich anflehen. Los, machen Sie schon ...!«
Sie streckte gehorsam die Hand aus, nahm mich am Arm und zog ihr Brett an meins heran. »Aber Matt, wenn ich behaupte, wahnsinnig in Sie verliebt zu sein, und sie nehmen mir das ab, dann werden sie Sie doch nicht länger durch mich beschatten lassen!« protestierte sie.
»Na, endlich begreifen Sie. Was hat es denn für einen Sinn, wenn wir dauernd zusammenkleben, und Sie können mir doch nichts sagen? Und wie sollen Sie auf diese Weise irgend etwas erfahren? Bitten Sie darum, Sie von diesem Auftrag zu entbinden. Sagen Sie, es täte Ihnen leid, aber Sie wären von mir so hingerissen, daß Sie sich selbst nicht trauen. Vielleicht wird man Ihnen dann einen Auftrag geben, der uns mehr nützt – einen, durch den Sie herauskriegen, wo K liegt. Vielleicht schicken sie Sie sogar hin. Wenn Sie Ihre Rolle gut spielen, wird Monk Sie womöglich dorthin verbannen, um Sie meinem Einfluß zu entziehen. Dann müssen Sie natürlich hinfahren.«
»Aber wie soll ich Sie davon verständigen?«
»Das ist nicht nötig. Fahren Sie einfach. Ich finde Sie schon. Falls nicht, müssen Sie eben allein mit Monk fertig werden.«
Sie schwieg einen Moment. Dann sah sie mich ernst und feierlich an. »Gut. Wie Sie meinen, Matt. Wahrscheinlich sind Sie sich nicht ganz klar darüber, was Sie da von mir verlangen, aber wie Sie wollen! Ich werde mein möglichstes tun, daß man mich nach K schickt. Aber wenn sie mich umbringen, dann ... dann erscheine ich Ihnen jede Nacht im Schlaf!«
»So ist's brav«, lobte ich. »Jetzt paddeln Sie los. So schnell Sie können, als ob Sie schrecklich wütend wären. Und wenn Sie an den Strand taumeln, lassen Sie große salzige Tränen über

Ihr Gesicht laufen. Wenn Sie sich melden, schluchzen Sie am Telefon – stammeln Sie irgendwas Unzusammenhängendes.« Ich nahm ihre Hand von meinem Arm, drehte sie herum und gab ihrem Brett einen Stoß. »Viel Glück, Jill.«

9

Als ich ein paar Minuten nach ihr aus dem Wasser stieg, merkte ich, daß die schläfrigen Mädchen in den Bikinis mich für einen schrecklich widerlichen Kerl hielten, weil ich das arme Mädchen weinend weggeschickt hatte. Für die Jungen mit den Erkennungsmarken hingegen war ich ein kompletter Trottel.

Ich sah, daß Jill ihr Brett auf ein Gestell an der Strandmauer gelegt hatte, und trug meins auch dorthin. Einen Augenblick blieb ich stehen und starrte auf das rot-weiße Brett und fragte mich, ob ich seine Besitzerin wohl lebend wiedersehen würde. Um Monk zu täuschen, müßte sie eine sehr überzeugende Schau abziehen, und ich konnte nur hoffen, daß sie das schaffte.

Ein magerer, dunkelhaariger Mann mit einer Hakennase, der auf der Terrasse an einem Tisch saß und die Aussicht genoß, stand auf und schlenderte unauffällig davon, als ich mich näherte. Er trug eine dunkle Hose und eins von diesen kurzärmligen weißen Hemden ohne Jacke, in denen der seriöseste Geschäftsmann aussieht wie ein gealterter Peter Pan. An seinem Hals hing ein Fernglas. Es war nicht besonders groß, so daß er uns damit wohl kaum die Worte von den Lippen hätte ablesen können. Sein Bild hatte ich im Erkennungsraum nicht gesehen. Offenbar hatte Monk einige Reserven, von denen Washington nichts wußte.

Als ich an dem jetzt geschlossenen Cocktailpavillon vorbeiging, traf ich die Hotelhostess, die sich am Abend zuvor so sehr bemüht hatte, uns alle miteinander bekannt zu machen. Sie war um die Dreißig und mit ihrem schwarzen Haar, ihrer braunen Haut und ihren Mandelaugen recht hübsch.

»Guten Morgen, Mr. Helm«, begrüßte sie mich. »Wieder so früh schwimmen gewesen? Ich hoffe, Sie fühlen sich bei uns wohl?«

»Sehr. Ach ja, ich wollte Sie was fragen. Ich habe den Namen der Dame nicht richtig verstanden, der Sie mich gestern abend vorgestellt haben. Nun bin ich heute mittag mit ihr zum Essen verabredet, und es wäre mir peinlich, sie danach zu fragen. Sie verstehen ...«
»Ja, natürlich. Meinen Sie Miss Darnley?« Sie lächelte. »Ich hab gesehen, wie Sie gestern abend zusammen weggegangen sind.«
»Nein, ich meine die andere Dame, die im schwarzen Kleid.«
Sie drohte mir mit dem Finger. »Aber, aber, Mr. Helm, Sie scheinen ja ein richtiger Ladykiller zu sein. Das war Mrs. McLain, Mrs. Isobel McLain. Auch aus Washington, wie Sie. Übrigens hat sie mich ersucht, sie mit Ihnen bekannt zu machen. Sie sagte, ein gemeinsamer Bekannter hätte sie gebeten, Ihnen Grüße zu bestellen, falls sie Sie in Honolulu trifft.«
Ich grinste. »Ich weiß – deshalb wollte ich sie ja nicht nach ihrem Namen fragen. Sie wissen ja, wie das mit solchen gemeinsamen Bekannten ist. Sie dachte, ich bin genau über sie im Bilde, und ich konnte ihr natürlich nicht sagen, daß ich noch nie von ihr gehört habe. McLain, ja? Vielen Dank.«
»Keine Ursache, Mr. Helm.«
Ich blickte ihr nach. Was Jill gesagt hatte, stimmte anscheinend – daß sie von mir bereits gewußt hatte, bevor wir uns kennenlernten. Ja, es sah sogar ganz so aus, als ob sie trotz ihres kühlen, distanzierten Benehmens am Anfang meine Bekanntschaft gesucht hatte.
Auf dem Weg zu meinem Zimmer rieb ich mir mit meinem Handtuch fest den Kopf ab, doch mein Gehirn funktionierte danach auch nicht besser. Ich hatte keine Ahnung, wie dieser Teil in das Puzzlespiel paßte ...
Vor meiner Zimmertür stieg mir plötzlich Zigarettenrauch in die Nase. Nun, jemand, der mich umbringen wollte, würde sich wohl kaum eine Zigarette anzünden, um mich zu warnen. Ich öffnete die Tür, blieb auf der Schwelle stehen und starrte den Mann in meinem Zimmer an. Dann seufzte ich und machte hinter mir zu. »Höchste Zeit, daß Sie sich mal persönlich blicken lassen«, sagte ich. »Ich habe diese Berichte aus zweiter Hand und diese geheimnisvollen Telefonanrufe schon ein bißchen satt.«

Monk stand von seinem Sessel auf und drückte die Zigarette im Aschenbecher aus. Mir fiel ein, daß er schon immer wie ein Schlot gequalmt hatte. Offensichtlich hatte es ihn bis jetzt leider nicht umgebracht.
»Ich weiß nicht, wie Sie das machen«, sagte er bewundernd. »Es ist mir völlig rätselhaft, Eric. Es muß etwas für männliche Augen Unsichtbares an Ihnen sein, das sie nur so hinschmelzen läßt, die alten wie die jungen.«
»Ach, meinen Sie dieses verrückte Ding, das Sie mir auf den Hals gehetzt haben? Hat sie Ihnen bereits telefonisch ihr Herz ausgeschüttet?«
Monk schüttelte neidisch den Kopf. »Ich weiß wirklich nicht, wie Sie das machen«, wiederholte er. »Sie schmeißen sie aus dem Bett, Sie erzählen ihnen rührselige Geschichten über Ihr gebrochenes Herz, und sie kommen zurückgekrochen und flehen Sie an, sie als Fußabstreifer zu benutzen. Ist Ihnen klar, daß Sie mir eine vielversprechende Agentin völlig ruiniert haben?«
Ich lachte. »Das soll doch nicht etwa heißen, daß dieses Liebesgeständnis, das sie mir draußen im Wasser gemacht hat, ernst gemeint war? Meine Güte, wenn ich das geahnt hätte, würde ich Ihrer Julia einen Romeo hingelegt haben, daß sich die Balken gebogen hätten – bloß um Sie zu ärgern. Ich dachte, sie will mich nur einwickeln, und noch dazu auf eine reichlich geschmacklose Weise.«
»Ich weiß. Sie hat's mir gesagt. Es war ein Fehler von mir, eine Frau auf Sie anzusetzen, noch dazu eine so junge und hübsche. Sie wird Sie nicht mehr belästigen.«
»Dann bleibt also nur noch die ältere«, sagte ich. »Ich fürchte, sie wird nicht so leicht zu beeindrucken sein, aber ich werde mir alle Mühe geben.«
Er runzelte die Stirn. »Die ältere? ... Ach, meinen Sie Mrs. MacLain?«
Ich grinste. »Monk, Sie scheinen zu vergessen, daß Sie's mit Eric zu tun haben, Ihrem alten Kumpel. Spielen Sie nicht den Ahnungslosen. Verdammt noch mal, die Masche zieht doch nicht bei mir. Zuerst lassen Sie mich so beschatten, daß ich's merke. Dann beauftragen Sie ein hübsches Mädchen, sich auf möglichst ungeschickte Weise an mich ranzumachen. Als ich auch sie durchschaut habe, komme ich mir ungeheu-

er smart vor und glaube, das war alles, was Sie auf Lager hatten. Ich halte Agentin Nummer drei für eine echte Touristin; vor allem, wenn sie so tut, als ob sie nicht das mindeste Interesse an mir hat. Und schon gar, wenn zwei Ihrer Leute ihr Zimmer unter einem fadenscheinigen Vorwand durchfilzen und ihr ein bißchen die Kopfhaut ritzen, damit sie höchst überzeugend blutet. Meines Wissens ist es das zweihundertsiebenundachtzigste Mal, daß dieser Trick angewandt worden ist.«

Monk zuckte die Achseln. »Meinetwegen, denken Sie, was Sie wollen. Ich kann nur sagen, ich habe Ihnen diese Frau nicht geschickt. Aber wenn Sie mir nicht glauben wollen – bitte.«

»Schon gut.« Ich fragte mich, ob er vielleicht doch die Wahrheit sagte. »Schon gut.« Wir standen einander gegenüber. Er war etwas im Vorteil: er hatte Schuhe an. Meine Strandsandalen eigneten sich weder zum Angriff noch zur Verteidigung, denn nackte Zehen sind leicht verwundbar. Außer den Schuhen trug er das auf Hawaii Übliche: eine leichte Hose und ein buntes kurzärmeliges Sporthemd. Ich konnte keine Waffe an ihm entdecken, doch zweifellos hatte er welche bei sich.

Ich hatte vergessen, wie wuchtig seine Schultern waren und wie wenig sein untersetzter, kräftiger Körper zu dem länglichen, sensiblen Gesicht, dem krausen dunklen Haar und den klaren blauen Augen paßte. Er schien aus Teilen zusammengesetzt, die eigentlich für mehrere, völlig unterschiedliche Männer bestimmt gewesen waren.

»Sie sind gut in Form, Eric. So schön braungebrannt.«

»Danke. Sie sehen auch nicht gerade aus, als ob Sie jeden Moment auseinanderfallen könnten.«

»Sie sind also hier, um sich ein bißchen um mich zu kümmern?« fragte er gleichgültig.

Ich tat erstaunt. »Was? Ich bin hier, um Urlaub zu machen, das wissen Sie doch. Na ja, seien wir höflich und nennen wir's Urlaub. Eine Art Zwangsurlaub. Die offizielle Bezeichnung ist Suspendierung. Wenn ich geahnt hätte, daß Sie hier sind, hätte ich mir einen anderen Platz ausgesucht. Aber nun bin ich mal da, und falls ich mich Ihrer annehmen muß, um meine Ruhe zu haben, so werd ich die Zeit dafür sicher

aufbringen. Sie gehen mir allmählich auf die Nerven. Wirklich, *amigo*, lassen Sie mich in Frieden.«
Monk lächelte dünn. »Und wenn nicht?«
Ich grinste ihn an. »Ach, scheren Sie sich doch zum Teufel. Was wollen Sie denn eigentlich, mir Ihre Muskeln zeigen? Im Ernst, ich warne Sie. Wenn Sie mich durch Ihre Schnüffler in diskretem Abstand beschatten lassen, um die Anweisungen von oben zu befolgen – okay. Aber sagen Sie ihnen, sie sollen mir nicht zu nahe kommen.«
»Sie reden zuviel. Hier und anscheinend auch in Washington. Immer noch die große Klappe wie damals.«
»Bei unserem letzten Telefongespräch haben Sie auch gesagt, ich rede zuviel, und gestern, einen Tag später, hab ich in der Zeitung von einem gewissen Naguki gelesen. Ich glaube, er ist mit seinem Auto von einem Felsen gestürzt. Oder runtergestoßen worden. Merkwürdige Dinge passieren hier.«
Er schüttelte den Kopf. »Keine Ahnung, was Sie meinen. Vielleicht war es ein Fehler von mir, Sie zu besuchen.«
»Sehen Sie, und ich habe in Washington einen Fehler gemacht, wie Sie wissen, aber es wird bestimmt nicht nochmal vorkommen. Es wird Ihnen nicht gelingen, mir irgendwas anzuhängen, Monk. Sparen Sie sich die Mühe.«
»Ich traue Ihnen nicht. Sie waren immer Macs Lieblingsschüler. Er würde seinen Lieblingsschüler nie so behandeln – außer er will damit jemand an der Nase rumführen. Ich habe das Gefühl, die Sache stinkt.«
»Wem sollte ich denn was vorspielen?« fragte ich. »Ihnen? Wieso? Warum? Haben Sie etwa ein schlechtes Gewissen?«
Ich musterte ihn nachdenklich. »Ja, wahrhaftig. Sie denken tatsächlich, ich bin hierhergeschickt worden, damit ich Ihnen auf die Finger sehe. Warum denn? Was haben Sie denn getan, was Sie nicht hätten tun sollen?« Ich lachte laut. »Dann steht's ja eins zu eins zwischen uns, *amigo*. Am besten, Sie lassen mich in Ruhe, sonst mach ich mich an die Arbeit, und versuche rauszufinden, warum Sie Angst haben. Jetzt verschwinden Sie, damit ich endlich unter die Dusche gehen und mir das Salz abspülen kann.«
Seine blauen Augen musterten mich kühl. »Mir können Sie nichts vormachen, Eric. Das haben Sie nie gekonnt.«

Ich grinste. »Ich hab's auch noch nie versucht. Sie haben mich was gefragt, und ich habe Ihre Frage beantwortet. Ich sag's Ihnen noch mal. Ich und Sie und Washington wissen, daß ich zuverlässig bin. Ist es denn irgendwie von Bedeutung, ob ich mit dem, was in Asien oder sonstwo vor sich geht, einverstanden bin? Verdammt noch mal, ich hab schon für eine Politik, die mir nicht geschmeckt hat, Leute umgelegt, und wahrscheinlich werd ich das noch öfter tun. Das ist bekanntlich so in dieser Branche. Ich sag's Ihnen also noch einmal: Sparen Sie sich die Mühe, mir etwas anhängen zu wollen, denn mir kann man nichts anhängen, und Sie würden mich dadurch nur böse machen. Das wollen Sie doch sicher nicht, oder? Und ich kann verdammt böse werden, wenn jemand nicht tut, was ich ihm sage. Sie erinnern sich doch, nicht?«
Ich merkte, daß er sich gut erinnerte. Ich hatte eine Menge angeberischen Quatsch reden müssen, aber endlich hatte ich ihn soweit. Ich sah, wie er die Augen zusammenkniff und wie seine Muskeln sich spannten, und mir war klar, daß ich als erstes diese verdammten Sandalen loswerden mußte, wenn er auf mich losging. Doch er war seit dem letzten Mal älter geworden und hatte einiges über Selbstbeherrschung dazugelernt.
Er drehte sich bloß um, marschierte aus dem Zimmer und machte behutsam die Tür hinter sich zu. Doch ich hatte ihn soweit. Wenn je eine Chance bestanden hatte, daß er mich in Ruhe lassen würde, dann war sie jetzt beim Teufel.
Ich schaute auf die Uhr. Es war noch ziemlich früh, und ich hatte bis zum Mittagessen nichts vor. Das erinnerte mich an Isobel McLain, die mir allerlei merkwürdige Fragen gestellt hatte, die so scharf darauf gewesen war, mich kennenzulernen, und die mich gebeten hatte, zu unserem Rendezvous unbedingt eine Kanone mitzubringen.
Ich holte das Ding hervor und sah es an. Man hat uns bei unserer Ausbildung eingebleut, daß Feuerwaffen kein Spielzeug sind, und ich finde das auch ganz richtig. Andererseits hatte Isobel mich deutlich genug gewarnt, und ich wäre ein Idiot gewesen, wenn ich das ignoriert hätte. Ich holte deshalb mein kleines Werkzeugetui und entfernte vorsichtig, um keine Spuren zu hinterlassen, die Kugeln aus den fünf

Patronen, schüttete das Pulver ins Klo und spülte es hinunter. Dann steckte ich die Bleikugeln wieder in die leeren Hülsen und lud damit den Revolver, der jetzt relativ harmlos war.

Ich sage »relativ«, denn die Zündladung im Patronenboden war ja nicht entfernt worden, und ich wußte nicht, ob ihre Sprengkraft allein nicht vielleicht auch in der Lage wäre, die Kugel, wenn auch mit vermindertem Antrieb, herauszuschleudern. Auf jeden Fall würde mich der Revolver jetzt aber, sofern er irgendwie auf mich gerichtet wurde, nicht umbringen. Möglicherweise tat ich Isobel bitter unrecht, und vielleicht würde ich eine richtig geladene Waffe brauchen und umkommen, weil ich überschlau gewesen war und mich mit einem Revolver bewaffnet hatte, der nicht schießen würde...

Nachdem ich mich geduscht, rasiert, angezogen und gefrühstückt hatte, verbrachte ich den restlichen Vormittag damit, Karten zu studieren, nachzudenken und mir einzureden, daß ich für das Leben eines Mädchens namens Jill überhaupt nicht verantwortlich war – eines Mädchens, das nur ein ganz klein wenig einem Mädchen namens Claire ähnlich sah, für dessen Leben ich auch nicht verantwortlich gewesen war.

10

Isobel McLain war nicht da. Zumindest hoffte ich, daß sie sich bloß verspätet hatte und daß nichts anderes passiert war, als ich an ihrer Tür klopfte und sich nichts rührte. Ganz gleich, wer sie war – wenn ich sie richtig behandelte, könnte sie mir vermutlich sehr von Nutzen sein. Vielleicht hätte ich Monk gegenüber meinen Verdacht nicht so offen aussprechen, sondern so tun sollen, als ob ich auf den Trick hereingefallen war, sofern es sich um einen Trick handelte. Womöglich hatte er beschlossen, da ich Bescheid wußte, Isobel ebenso wie Jill von mir abzuziehen.

Falls es kein Trick war, dann konnte die Tatsache, daß Mrs. McLain sich nicht meldete, sehr ernste und beunruhigende Gründe haben. Ich wollte sie gerade im Geist durchgehen,

als ich hinter mir im Garten rasche Schritte hörte, und da kam sie auch schon auf mich zu, wieder mit dieser dunklen Brille und in einem weißen Kostüm, das zugleich sommerlich und elegant aussah.
»Tut mir schrecklich leid«, sagte sie ein wenig atemlos, was ich überaus schmeichelhaft fand. Ich hatte nicht den Eindruck, daß sie eine Frau war, die sich für jeden Mann beeilte. »Ich mußte mich nach der letzten Nacht unbedingt frisieren lassen, und das Mädchen hat einfach ewig gebraucht.« Sie zögerte einen Moment. »Wenn Sie wollen, daß ich mich umziehe, müssen Sie noch ein bißchen warten.«
»Wozu? Sie sind doch sehr hübsch angezogen.«
»Also schön«, sagte sie lächelnd. »Dann können wir gleich gehen – ich brauche nichts mehr aus meinem Zimmer.« Sie nahm meinen Arm und drückte sich leicht an mich. »Haben Sie mitgebracht, worum ich Sie gebeten habe, Mr. Helm?«
»Was?«
»Den Revolver.«
»Natürlich.« Ich machte unauffällig meine Jacke auf, damit sie einen Blick auf den Griff werfen konnte, der an meiner linken Hüfte unter dem Gürtel hervorragte.
»Ist er geladen?«
»Selbstverständlich.« Das war nicht direkt gelogen, denn es steckten ja Patronen darin. Ich knöpfte meine Jacke wieder zu. »Wozu sollte ich denn einen ungeladenen Revolver einstecken? Dann würde ja ein Stück Eisen auch genügen.«
»Tragen Sie ihn immer bei sich?«
»Kommt drauf an. In fremden Ländern kann einen ein Revolver in ziemliche Schwierigkeiten bringen. Übrigens werden Feuerwaffen im allgemeinen stark überschätzt, vor allem solche mit so kurzer Reichweite wie diese. Es gibt eine Menge geräuschlosere unauffälligere Möglichkeiten, jemand umzulegen, wenn das notwendig ist. Aber hier sind wir ja auf amerikanischem Boden, und vielleicht brauch ich das Ding wegen seiner moralischen Wirkung – dafür ist es im allgemeinen ganz gut.«
Sie hörte mir interessiert zu. »Haben Sie kein Halfter? Ich dachte immer, die Dinger trägt man in so komisch aussehenden Halftern unter der linken Achsel?«
Ich grinste. »Nur in Kriminalfilmen, Madam. Die FBI-Leute

tragen meines Wissens Halfter an der rechten Hüfte, damit sie die Waffe schnell ziehen können. Aber die arbeiten sozusagen unter günstigeren Bedingungen als wir. Sie können eine Marke vorzeigen, wenn ihnen jemand wegen dem Schießeisen peinliche Fragen stellt. Ich muß die Möglichkeit haben, nicht nur schnell zu schießen, sondern das Ding auch nötigenfalls schnell loszuwerden. Eine Kanone wegzuwerfen, ist nicht allzu schwer, aber versuchen Sie mal, in Bruchteilen von Sekunden ein Achselhalfter, das durch den Gürtel durchgezogen ist, abzuschnallen.«

»Daran hab ich gar nicht gedacht«, sagte sie lachend und drückte meinen Arm. »Meine Güte, wenn ich mir vorstelle, daß ich mich gestern noch zu Tode gelangweilt habe, ohne die geringste Aussicht auf Abwechslung!«

»Das klingt ja ziemlich verzweifelt, Madam. War das, bevor Sie sich erkundigt haben, wann ich eintreffe, oder danach?«

Sie blieb plötzlich stehen und zwang mich ebenfalls dazu. Ich blickte hoch und sagte: »Mein Gott, Bananen! Wußten Sie, daß so ein Bananenbaum nur ein Büschel Bananen hervorbringt und dann bis hinunter zu den Wurzeln verdorrt! Eigentlich irgendwie traurig, nicht?«

Sie lächelte über diesen Unsinn. »Sie sind also dahintergekommen, Mr. Helm. Na ja, das ist ja mehr oder weniger Ihr Geschäft, nicht? Als ich erfuhr, daß Sie ein Professional sind, hab ich mir schon gedacht, daß ich Sie wohl nicht lange an der Nase herumführen kann.«

Ich betrachtete sie. Sie war wirklich eine überaus hübsche Frau, und mir gefiel die Ruhe, mit der sie reagierte. »Möchten Sie mir nicht vielleicht ein bißchen was darüber erzählen, Madam?«

»Natürlich. Aber wie wär's, wenn Sie mich Isobel nennen, und ich Sie Matt? Und dann sollten wir uns schleunigst zu unserem Tisch im Royal Hawaiian verfügen, sonst geben sie ihn weiter. Außerdem brauche ich einen doppelten Scotch, bevor ich Ihnen meine schwarze Seele enthülle. Ich werde immer schrecklich durstig unter der Trockenhaube.« Sie sah mich vorwurfsvoll an. »Sie haben sich noch nicht mal nach meinem Kopf erkundigt!«

Ich grinste. »Das brauchte ich nicht. Ich kann ja sehen, daß Ihr Kopf völlig in Ordnung ist – außen und innen. Irgendwie

beunruhigt mich das.«
Als wir losfuhren, merkte ich, daß uns Monks mondgesichtiger Knabe mit seinem kleinen Datsun verfolgte. Na ja, ich hatte nicht erwartet, daß Monk mich, bloß weil ich ihm einige Unfreundlichkeiten gesagt hatte, in Ruhe lassen würde; im Gegenteil, das hätte mich enttäuscht. Es war nur eine kurze Fahrt, und bald saßen wir auf der Terrasse des Royal Hawaiian. Isobel hob ihr Whiskyglas, prostete mir zu und trank genießerisch. Sie stellte das Glas hin und holte eine Zigarette hervor, die sie sich mit einem kleinen Gasfeuerzeug anzündete, bevor ich in Aktion treten konnte. Ich war dankbar für dieses kleine Anzeichen von Nervosität. Es bewies, daß sie doch menschliche Schwächen hatte.
»Jetzt verraten Sie mir zuerst, was Sie bereits über mich wissen, Matt«, sagte sie.
»Nun, Sie stehen auf keiner unserer Listen. Soviel ich mich erinnere, gibt es darin niemand, auf den Ihre Beschreibung passen würde.«
»Auf was für Listen?«
»Der hiesigen Agenten, die für befreundete und für nicht befreundete Regierungen arbeiten.«
Sie lächelte. »Haben Sie mich tatsächlich für eine Agentin gehalten? Wirklich sehr schmeichelhaft. Was wissen Sie sonst noch?«
»Daß Sie vermutlich nicht, wie Sie behaupten, in Washington leben. Doch diese Information stammt von dritter Seite. Ich habe sie nicht überprüft.«
»Der Betreffende hat völlig recht. Ich lebe nicht in Washington, und ich heiße auch nicht McLain. Was noch?«
»Sie scheinen sich dort trotzdem recht gut auszukennen.«
»Ich bin in Washington geboren und zur Schule gegangen. Weiter.«
»Sie haben sich nach mir erkundigt. Sie haben die Hostess gebeten, uns bekannt zu machen.« Sie nickte lächelnd. »Ich möchte Ihnen etwas sagen, bevor wir weitermachen, Isobel. Sie scheinen sich köstlich zu amüsieren. Es gibt Leute, die springen zum Spaß aus dem Flugzeug oder spielen russisches Roulett. Meinetwegen. Es liegt mir nicht, anderen Vorschriften zu machen oder ihrem Glück im Wege zu stehen. Aber ich muß Sie darauf hinweisen, daß Sie in eine

ziemliche Bredouille geraten könnten. Einen Vorgeschmack davon haben Sie ja bereits letzte Nacht gekriegt. Ich weiß nicht, was für ein Spiel Sie spielen, doch ich gebe Ihnen den guten Rat, es woanders zu spielen. Ich habe ein paar wenig angenehme Freunde, und ich selber bin auch nicht gerade erfreulich. Wenn allerdings eine hübsche Frau darauf besteht, sich an mich zu hängen, dann beginne ich mir im allgemeinen zu überlegen, was ich am besten mit ihr anfangen könnte – und zwar nicht nur im Bett, obwohl ich auch das nicht ablehnen würde, wenn es mir angeboten wird.«
Einen Moment herrschte Schweigen. Ihr Gesicht war etwas blaß geworden. Sie zog an ihrer Zigarette. »Das ... das hätten Sie nicht sagen dürfen, Matt. Ich meine, vor allem den letzten Teil. Es ... es verdirbt das Ganze irgendwie. Sie haben natürlich das Recht, so etwas zu denken, aber Sie dürfen es nicht sagen. Sie geben mir das Gefühl, ein Flittchen zu sein, und das mag ich nicht.«
»Besser, Sie ärgern sich jetzt, statt nachher, wenn's zu spät ist, Darling. Jedenfalls wissen Sie nun, wie gemein ich bin. Ich werde Sie ausnützen, wenn ich kann, und ich werde Sie im Stich lassen, wenn nötig, und wenn Sie in eine Klemme geraten oder umkommen, werde ich ein Glas auf Ihr Andenken trinken und mich meinem nächsten Job zuwenden.«
»Und der nächsten Frau?«
»Klar.«
Sie lachte leise. In ihrer dunklen Brille sah ich den Strand hinter mir, als sie mich anblickte. »Sie sind ziemlich brutal, was?
Es waren Blumen auf dem Grab«, murmelte sie. »Frische Blumen.«
Ich starrte sie an. »Auf welchem Grab?«
»Auf Winifreds Grab. Auf dem kleinen Dorffriedhof in Südfrankreich. Der Friedhofswärter sagte, der Mann, der ihm das Geld für die Blumen gab, hätte Tränen in den Augen gehabt. Dieser Mann können Sie natürlich nicht gewesen sein, Matt. Sie sind ja ein brutaler Kerl, der die Frauen aufs Kreuz legt und sie dann rücksichtslos sitzenläßt.« Sie lächelte. »Mein Mann hält Sie für einen Mörder. Er hat seine kleine Schwester sehr geliebt. Wahrscheinlich war sie, außer mir, der einzige Mensch, aus dem er sich etwas gemacht hat. Er

glaubt, Sie haben sie wegen ihrer Erbschaft geheiratet und dann umgebracht. Wir waren beide davon überzeugt, als wir dahinterkamen, welche Mühe Sie sich gemacht hatten, das Ganze als einen simplen Autounfall hinzustellen. Und als wir erfuhren, daß Sie hier auftauchen würden...«
»Wie?« fragte ich. Meine Stimme klang heiser.
»Unsere Anwälte erhielten Ihre Urlaubsadresse von irgendeiner Regierungsstelle. Kenneth und ich kamen zu dem Schluß, daß es am besten wäre, wenn ich allein hierherflog und Sie mir vornahm und versuchte, etwas aus Ihnen herauszuholen.« Ihr Lächeln wurde ein wenig bitter. »Unsere Motive sind natürlich nicht ganz selbstlos, Matt. Es geht um eine ziemliche Menge Geld, um beinahe eine halbe Million für jeden, und mein Mann hat seinen Anteil schon fast durchgebracht oder Schulden darauf gemacht. Wenn wir beweisen können, daß Sie Winifred ermordet haben, wird das Gericht dafür sorgen, daß Sie aus Ihrem Verbrechen keinen Nutzen ziehen, und Ihr Anteil fällt Kenneth und mir zu.«
Ich mußte mich räuspern, bevor ich etwas sagen konnte. »Wer, zum Teufel, sind Sie?«
»Na, wer wohl?« entgegnete sie freundlich lächelnd. »Natürlich Ihre Schwägerin, Matt. Isobel Marner.«

11

Es kam so unerwartet, daß es mir den Atem verschlug. Seit meiner Scheidung vor einigen Jahren hatte ich mir eingebildet, völlig allein auf der Welt zu stehen, und das war mir nur recht gewesen. Ich kann es nicht brauchen, wenn mitten in einem Auftrag irgendwelche Verwandte auftauchen und sich vorstellen. Um meinen Schreck zu überspielen, griff ich nach der weißen Handtasche auf dem Tisch.
»Sie gestatten?«
Isobel wollte protestieren, doch dann lachte sie. »Aber bitte. Nur los. Ist das jetzt eine sogenannte Filzung?«
»Nein, eine Filzung ist viel amüsanter«, sagte ich. »Mein Gott, was für Kram ihr Frauen in euren Taschen habt!«
In Wirklichkeit war die Tasche nicht übermäßig voll und

enthielt keinerlei Überraschungen. Es war nichts darin, was man nicht in der Handtasche einer modernen Frau, die rauchte und Kosmetika verwendete, erwarten würde, und falls doch, dann war es so gut getarnt, daß ich mir erlauben durfte, es zu übersehen. In der kleinen Damenbrieftasche befanden sich ein kalifornischer Führerschein und einige andere Ausweise, die auf Mrs. Isobel Caroline Marner, 1286, Seaview Drive, San Francisco, lauteten, Mir fiel ein, daß auch der Anwaltsbrief aus San Francisco stammte.
»Mein Paß ist im Hotel im Koffer«, sagte sie. »Wenn Sie wollen, kann ich ihn Ihnen später zeigen.«
»Wozu brauchen Sie einen Paß, wenn Sie in den Bundesstaat Hawaii wollen?« fragte ich argwöhnisch.
Sie nahm lächelnd die Tasche. »Ich habe Ihnen doch gesagt, daß wir in Frankreich waren, um Nachforschungen über Winnies Tod anzustellen, und dazu brauchte ich natürlich einen Paß. Und da ich nicht wußte, wohin ich Sie von hier aus würde verfolgen müssen, habe ich ihn mitgenommen.« Sie zögerte. »Wenn Sie mich jetzt vielleicht zum Ausgleich einen Blick in Ihre Brieftasche werfen lassen würden?«
»Das würde Sie nicht weiterbringen. Meinen Namen kennen Sie ja. Was möchten Sie noch – einen Ausweis, auf dem steht, daß ich Geheimagent bin?«
Sie lachte. »Vielleicht bin ich ein bißchen naiv. Aber das kann ich Ihnen glauben oder auch nicht.«
»Da haben Sie recht.«
»Sie könnten ja einfach irgendwer sein. Ein Mann mit einem Revolver.«
»Da haben Sie recht.«
»Sie sind wirklich nicht sehr entgegenkommend, Matt.«
»Da haben Sie recht«, wiederholte ich stur. »Jetzt bestellen wir endlich mal was zu essen. Ich hab Hunger.«
Nachdem die Kellnerin verschwunden war, drückte Isobel ihre Zigarette aus und fixierte mich. »Darf ich Sie etwas fragen?«
»Schießen Sie los.«
»Angenommen, Sie sagen mir die Wahrheit und sind wirklich ein Agent der amerikanischen Regierung, dann war Winnie auch eine Agentin, oder?«
»Das kann ich Ihnen nicht beantworten. Wenn sie eine war,

fällt das unter die Geheimhaltungsbestimmungen.«
»Sie haben mir aber gesagt, daß Sie einer sind. Wenn das wahr ist, fällt das nicht unter die Geheimhaltungsbestimmungen?«
»Das haben Sie sozusagen mit vorgehaltener Pistole aus mir herausgeholt«, entgegnete ich. »Ich mußte es Ihnen sagen, um zu verhindern, daß Sie irgendwelchen Schaden anrichten. Aber das heißt nicht, daß ich Sie, nur um Ihre mädchenhafte Neugier zu stillen, in die ganze Aktion einweihen darf.«
»Ich glaube, es ist ein bißchen mehr als mädchenhafte Neugier. Wenn sie auch eine Agentin war und Sie zusammengearbeitet haben und sie dabei ums Leben gekommen ist, dann ...«
»Was?«
»Dann waren Sie vielleicht gar nicht richtig verheiratet. Dann haben Sie vielleicht nur so getan. In diesem Fall ...«
Sie war eine kluge Frau. Ich grinste sie über den Tisch hinweg an. »In diesem Fall wäre alles für Sie und Kenneth geritzt, was? Keine Heirat, keine Erbschaft für mich. Schade, ich hatte mich schon ein bißchen an das angenehme Gefühl gewöhnt, reich zu sein.«
Isobel lächelte nicht. »Leider ist es nicht ganz so einfach für uns. Ob Sie verheiratet waren oder nicht – da ist immer noch das Testament. Sie war berechtigt, ihr Geld zu hinterlassen, wem sie wollte – nicht nur einem Mann, mit dem sie verheiratet war ...«
Das alles führte uns ziemlich weit weg von der Sache, wegen der ich nach Hawaii gekommen war, doch das konnte ich ihr natürlich nicht sagen. Es wäre nur verdächtig gewesen, wenn ich uninteressiert getan hätte. Es hätte den Schluß zugelassen, daß es für mich wichtigere Dinge gab als eine halbe Million Dollar.
»Moment mal!« sagte ich. »Was für ein Testament meinen Sie eigentlich? Einem Brief, den ich bekommen habe, und Ihren Worten entnehme ich, daß der Vater, Philip Grant Marner oder wie er hieß, sein Vermögen seinen beiden Kindern Kenneth und Winifred vermacht hat. Das stimmt doch?«
»Natürlich. Und Winifred hat ihren Anteil Ihnen vermacht –

mit einem Testament, das sie eine Woche vor ihrem Tod in Frankreich mit der Post aufgegeben hat. Wußten Sie das nicht?«
Ich dachte an das kleine Mädchen mit dem silberblonden Haar, das nie viel über sich gesprochen hatte. Meine Stimme klang fremd und weit weg, als ich sagte: »Nein, das wußte ich nicht. Ich wußte nicht einmal, daß das Mädchen Geld hatte. Sie hat mir nie etwas davon erzählt.«
»Natürlich, das müssen Sie ja sagen.«
Ich blickte auf, holte tief Luft und brachte ein Grinsen zustande. »Klar. Ich bin durch und durch verlogen. Sie können mir kein einziges Wort glauben.«
»Sparen Sie sich diesen sentimentalen Blick«, sagte Isobel gereizt. »Vielleicht hat Winnie Sie gern gehabt, vielleicht auch nicht – woher soll ich das wissen? – aber auf keinen Fall hat sie Ihnen ihr Geld wegen Ihres Sex-Appeal vermacht. Sie hat es getan, um mich zu ärgern und um ihrem älteren Bruder, den sie vergötterte, zu helfen.«
»Zu helfen? Indem sie ihm ihr Erbteil vorenthielt?«
»Ja. Sie wußte, daß er kurz vor der Pleite stand, und sie dachte, ich würde ihn verlassen, wenn er mir keinen entsprechenden Lebensstandard mehr bieten konnte. Und ihrer Ansicht nach wäre es für Kenneth das größte Glück seines Lebens gewesen, wenn ich ihn verlassen hätte. Sie haßte mich, und vermutlich war sie der Meinung, daß es ihm ohne mich endlich gelingen würde, ein richtiger Mann zu werden.« Sie zuckte die Achseln. »Winnie und ich waren immer verschiedener Ansicht darüber, was gut für Kenneth ist. Ich habe die Schlacht um ihn gewonnen; deshalb ist sie ja fortgegangen und hat einen Job bei der Regierung angenommen.« Isobel lächelte. »Sie hat uns nie gesagt, was für ein Job das war, und wir wußten nur, daß sie ziemlich viel auf Reisen war. Aber das ist ja nicht schwer zu erraten, nicht? Und es ist auch nicht schwer zu erraten, daß Sie gar nicht wirklich verheiratet waren.«
Es entstand eine kleine Pause, als die Kellnerin uns das Essen servierte; dann fragte ich: »Wenn ein Testament da ist – was macht es dann aus, ob wir verheiratet waren oder nicht?«
»Testamente können angefochten werden, mein Lieber. Was ist denn das für ein Fisch?«

»*Mahimahi.* Eine hiesige Spezialität. Schmeckt er Ihnen?«
»Ausgezeichnet. Schaun Sie, in der Sauce sind Mandeln! Und sollten wir uns entschließen, Winnies Testament anzufechten – wegen Unzurechnungsfähigkeit oder Zwang oder sonstwas –, dann dürften unsere Chancen wesentlich besser stehen, wenn Sie nicht verheiratet gewesen sind.« Sie musterte mich kühl. »Und wenn Sie nicht sind, was Sie zu sein behaupten, und wenn Sie Winnie doch umgebracht haben ... Wie gesagt, um das zu beweisen, bin ich hierhergekommen.«
»Und nun?« fragte ich.
Sie lächelte leicht. »Jetzt muß ich's auf irgendeine andere Weise versuchen, mein Lieber. Denn, ehrlich gestanden, nachdem ich Sie kennengelernt und mit Ihnen gesprochen habe, kann ich eigentlich nicht recht glauben, daß Sie sie ermordet haben. Und ich glaube auch nicht, daß die Aussichten, ihr Testament anzufechten, sehr groß sind. Es bleibt mir also nur eins übrig, nicht? Ich kann nichts weiter tun, als an Ihr Mitleid appellieren, mein lieber Schwager, und hoffen, daß Sie mir und Kenneth gegenüber großzügig sein werden.«
Ich schwieg einen Moment. »Eine halbe Million Dollar würde aber schon eine ziemliche Großzügigkeit erfordern«, sagte ich schließlich und sah sie aufmerksam an.
»Oh, ich erwarte ja nicht, daß Sie auf das ganze Geld verzichten«, erklärte sie ruhig. »Aber offensichtlich sind Sie ein Mensch, dem Geld nicht allzuviel bedeutet. Vermutlich haben Sie ein ganz gutes Gehalt und keine allzu teuren Hobbys. Sie könnten es sich wirklich leisten, großzügig zu sein und uns, sagen wir mal, das halbe Erbteil geben. Es würde Ihnen nicht weh tun, und uns wäre sehr, sehr damit geholfen. Vor allem mir.« Sie senkte den Kopf, nahm sich eine Zigarette und hantierte wieder nervös mit dem Feuerzeug herum. Ohne aufzublicken, fuhr sie fort: »Sie sagten, daß Sie vielleicht irgendwas mit mir anfangen – daß Sie mich eventuell irgendwie verwenden könnten, Matt.«
»Stimmt – im Bett oder sonstwie, das hab ich gesagt, oder?«
Sie blies den Rauch zu den Palmen hinüber. »Im Bett – das ist kein Problem«, erklärte sie völlig ungerührt. »Wenn das alles ist, was Sie wollen, dann gehen wir am besten gleich ins

Hotel. Für eine Viertelmillion Dollar würde ich mit dem Teufel persönlich schlafen.«
»Vielen Dank. Ich sage immer, wie schön, wenn man einem Mann das Gefühl gibt, um seiner selbst willen begehrt zu werden. Was würden Sie denn für rund zweihundertfünfzigtausend Dollar sonst noch tun?«
»So ziemlich alles. Sie brauchen mir bloß zu sagen, was und wie. Ich habe nicht viel Erfahrung in Ihrer Art von Tätigkeit, aber ich bin intelligent und bereit, zu lernen.« Sie schwieg einen Moment, dann fuhr sie fort: »Sie müssen den Eindruck haben, ich bin schrecklich geldgierig, aber machen Sie's mir bitte nicht allzu schwer. Ich möchte zumindest darum gebeten werden. Einen gewissen Stolz habe ich nämlich doch.«
»Schade. Aber ich glaube, ich wüßte außer dem Nächstliegenden noch eine andere Möglichkeit. Wieviel würden Sie für eine Viertelmillion Dollar riskieren?«
»Alles«, erklärte sie.
Das sagen sie immer – alle, die noch nie in ihrem Leben erschossen worden sind.

12

Unser Mann Francis, alias Bill Menander, war noch immer auf dem Posten, als wir uns in meinen gemieteten Sprite quetschten und mit aufheulendem Motor losbrausten. Isobel lachte.
»Was finden Sie so komisch?« fragte ich.
»Diesen Wagen. Eigentlich nicht gerade das unverdächtige Fahrzeug, das man bei einem so geheimen Auftrag benützen würde, außer im Fernsehen.«
»Vielleicht hab ich ihn gerade deshalb genommen«, sagte ich. »Was halten Sie von Delphinen?«
»Von was?«
»Von Delphinen«, wiederholte ich. »Großen, fischähnlichen Säugetieren mit überragender Intelligenz. Es gibt eine Theorie, wonach die Delphine, wenn es der Menschheit tatsächlich gelingen sollte, sich in die Luft zu sprengen, die Herrschaft auf der Erde übernehmen werden, falls es dann noch

etwas zu beherrschen geben sollte. Ich frage deshalb, weil ich im Aquarium gehört habe, daß irgendwo in der Nähe von Diamond Head abgerichtete Delphine Kunststücke vorführen.«
Ich warf einen Blick in den Rückspiegel. Der Datsun war dicht hinter uns, als wir in die Kalakaua Avenue einbogen, benannt nach einem der hawaiianischen Könige, die geherrscht hatten, nachdem ihnen die Kamehamehas ausgegangen waren. Auf den Trottoirs drängten sich hübsche Mädchen in Muu-Muus und uniformierte junge Männer. Der eine Transport hatte genügt, um Waikiki einen überaus martialischen Anstrich zu geben.
»Ich würde ganz gern dort hinausfahren, nicht nur aus ichthyologischem Interesse.«
Isobel meinte zweifelnd: »Ich mag zwar Fische nicht besonders gern, außer auf dem Teller. Und das gilt auch für säugetierähnliche Fische. Aber...« Sie verstummte. »Wir werden verfolgt, nicht?«
»Genau.«
»Und Sie möchten den Kerl ein bißchen herumhetzen?«
»So ungefähr. Er hat heute noch nicht sein Training absolviert. Ich mag's nicht, wenn er so schlapp und faul wird.«
»Dann sollten wir uns die Delphine unbedingt ansehen.« Sie zögerte, dann sagte sie in verändertem Ton: »Matt?«
»Ja?«
»Wenn... wenn ich Ihnen helfen soll, wenn wir zusammenarbeiten wollen, sollte ich dann nicht verschiedenes wissen? Zum Beispiel, wer der Mann hinter uns ist und für wen er arbeitet?«
Das kam nicht unerwartet. Sie hatte mich bereits letzte Nacht mehr oder weniger das gleiche gefragt, und ich war nicht darauf eingegangen; jetzt mußte ich mich entscheiden. Ich hatte drei Möglichkeiten. Ich konnte sie ins Vertrauen ziehen und ihr die ganze Wahrheit enthüllen über Monks Verrat und meine Pläne, ihn zu verhindern. Oder ich konnte mich an meine offizielle Version halten und sie der neuen Situation anpassen. Oder ich konnte mein bisheriges Spiel weiterspielen.
Ich versuchte es mit dem Mittelweg: »Ich kann Ihnen sagen, wer er höchstwahrscheinlich ist. Ich würde fünfzig zu eins

wetten, daß er derjenige ist, der Ihnen vergangene Nacht eins über den Schädel gezogen hat.«
»Das verrät mir aber immer noch nicht seine Identität.«
»Stimmt.«
»Er könnte sein, was Sie zu sein behaupten – ein amerikanischer Agent.«
»Möglich.«
»Und Sie könnten ein russischer Spion sein.«
»Selbstverständlich.« Die Entscheidung war irgendwie von selbst gefallen, während wir sprachen, und ich fügte hinzu: »Eins bin ich ganz sicher – für Sie jedenfalls.«
Sie runzelte die Stirn. »Was?«
»Der Weihnachtsmann. Der Weihnachtsmann mit einem Sack voll Geld, von dem ich Ihnen für Ihre Hilfe die Hälfte abzugeben bereit bin. Für Ihre Hilfe, Mrs. Marner. Nicht dafür, daß Sie mir Fragen stellen. Ist das klar, Mrs. Marner? Haben Sie das kapiert?«
Ich merkte, wie sie die Zähne zusammenbiß. Dann sagte sie leise: »Seien Sie doch nicht so aggressiv, Matt.«
»Seien Sie nicht so neugierig. Isobel«, konterte ich. »Hören Sie mit dieser Fragerei auf, dann werden wir prima miteinander auskommen.« Ich sah sie an. »Jetzt sind Sie beleidigt.«
Ich zuckte die Achseln. »Okay. Ich hab ja gleich gewußt, daß das eine absurde Idee ist. Ich bringe Sie zum Hotel zurück.«
Sie packte mich am Arm, als ich zurückschalten und wenden wollte. »Nein.«
»Entscheiden Sie sich. Jetzt geht's um die Kursbestimmung.«
»Sie können einen ganz schön in Wut bringen«, sagte sie. »Aber ich hab anscheinend eine Schwäche für Männer, die mich in Wut bringen. Fahren Sie weiter.«
Befriedigt, daß nun wenigstens in dieser Hinsicht Klarheit herrschte, fuhr ich weiter.
Die Delphine waren mir irgendwie widerlich. Ich hab was gegen intelligente Fische, auch wenn es eigentlich Säugetiere sind. Das Ganze ist reichlich unnatürlich. Zum Glück waren unter dem Publikum ein paar sehr hübsche Eingeborenenmädchen in Sarongs, die mich von den intellektuellen Leistungen der Delphine ablenkten.
Nach der Vorstellung gingen wir zum Parkplatz zurück,

einer ebenen Fläche, die aus einem mit Gras, Sträuchern und Bäumen bewachsenen Abhang herausgebaggert war. Ich ließ Isobel einsteigen, machte die Tür zu und beugte mich durchs Wagenfenster.
»So, jetzt bekommen Sie Ihre erste Lektion in Geheimdiensttätigkeit«, sagte ich. »Es handelt sich um eine sehr nützliche Methode, die man ›geduldiges Warten‹ nennt. Mal sehen, wie gut Sie darin sind. Bis bald.«
Ich ging um den Wagen herum, beugte mich vor, als ob ich einstieg, öffnete die Tür und knallte sie zu. Auf dem Boden kauernd, holte ich meinen Revolver und das Etui mit den Drogen hervor. Dann kroch ich ins Gebüsch und schlich in einem weiten Bogen um den Hügel herum. Er saß mit dem Rücken zum Abhang. Ab und zu beugte er sich aus dem Fenster und blickte zu dem Baum, unter dem mein Wagen stand, doch er kam nie auf die Idee, sich umzudrehen. Ich trat hinter ihn und bohrte ihm meine Kanone ins Ohr.
Er zuckte zusammen. »Eric?«
»Ja, Eric. Blicken Sie geradeaus. Wie ist Ihr Deckname?«
Natürlich wußte ich das, doch ich durfte es nicht wissen, und deshalb mußte ich es mir von ihm sagen lassen. Er zögerte.
»Los, los. Wir sind doch Kollegen, oder? Es bleibt alles in der Familie.«
»Francis«, flüsterte er.
»Und unter welchem Namen arbeiten Sie, Francis?«
»Menander. Bill Menander. Hören Sie, ich weiß wirklich nicht, was das soll.«
»Stimmt, Sie wissen das nicht. Aber ich. Und ich will so großzügig sein, es Ihnen zu sagen. Ich möchte Ihnen klarmachen, daß das Leben, das Sie führen, schon gefährlich genug ist, und daß Sie keine unnötigen Risiken eingehen und es dadurch noch gefährlicher machen sollten. Sie verstehen, was ich meine? Um noch deutlicher zu werden: Ich habe keine Angst vor Ihnen. Treiben Sie mit mir Ihre Spielchen, wenn Sie wollen. Aber lassen Sie die Dame in Ruhe. Keine Zimmerdurchsuchungen. Keine Revolverläufe über den Kopf. Keinerlei derartige Späße mehr.«
»Aber . . .«
Ich schnitt ihm das Wort ab. »Falls ich dahinterkomme, daß Sie sie verfolgen, falls ich ein Abhörgerät in ihrem Telefon

entdecke, falls ich in ihrem Zimmer über ein Mikrofon stolpere, falls ich das leiseste Anzeichen dafür finde, daß jemand wieder ihre Sachen durchsucht oder ihre Post gelesen hat – raten Sie mal, was dann passiert.« Er schwieg. Ich bohrte den Revolverlauf etwas tiefer in sein Ohr. »Na, was wohl?«

»Ich ... ich weiß nicht.«

»Dann lege ich Sie um«, sagte ich. »So, ist das jetzt klar?«

»Aber wenn jemand anders ...«

Ich unterbrach ihn schroff: »Das ist Ihre Sorge, nicht meine. Die Dame ist eine Verwandte von mir. Nur eine Verwandte, sonst gar nichts. Sie ist nach Hawaii gekommen, um sich zu erholen. Und ich werde dafür sorgen, daß sie sich erholt, ohne von einem Haufen Geheimdienstschnüfflern belästigt zu werden. Sie werden sie in Ruhe lassen, verstanden?«

»Aber ich bin doch nicht verantwortlich für ... was ist, wenn ich nichts dagegen machen kann ...«

»Dann kann ich auch nichts machen und muß Sie umlegen.«

»Sie bluffen ja bloß«, sagte er plötzlich wütend. »Sie würden sich nie trauen ...«

»Mein Name ist Eric, Sie Wanze. Erkundigen Sie sich nach mir. Fragen Sie Monk. Er wird Ihnen sagen, was ich mich nicht traue, und er wird gar nicht lange dazu brauchen. Die Liste ist sehr kurz.«

»Nennen Sie mich nicht Wanze.«

»Warum nicht, zum Teufel? Sie sind doch eine, eine widerliche, dreckige Wanze mit einem großen Maul. Ich hab von den Halbstarken gehört, die Monk in letzter Zeit hier angeworben hat und die auf den Inseln große Töne spucken. Diese Blondine zum Beispiel, die sich als Super-Mata-Hari aufspielt. Du lieber Himmel, die wollte mich dazu bringen, mit ihr über die armen Asiaten zu flennen!«

Er räusperte sich. »Nach unseren Berichten haben Sie sich über dieses Thema selber ziemlich den Mund zerrissen.«

»Ja«, bestätigte ich, »aber es ist mir peinlich, in was für eine Gesellschaft ich mich damit begeben habe.« Ich drückte mit dem Revolver zu. »Sie haben mich verstanden? Die Dame ist tabu. Sonst kriegen Sie ein schönes, großes Loch in den Kopf. Legen Sie Ihren Arm auf den Fensterrahmen ... Los, machen Sie schon!«

»Was... was haben Sie vor?«
»Ich werde dafür sorgen, daß Sie etwa zwei Stunden schlafen. Wenn Sie aufwachen, können Sie sich ja den Spaß machen, uns wieder zu suchen. Träumen Sie schön.«
Bevor er protestieren konnte, jagte ich ihm die Nadel hinein und drückte den Kolben hinunter. Trotz meines Verbots wandte er den Kopf und starrte mich aus weitaufgerissenen, entsetzten Augen an. Er wollte etwas sagen, doch er bekam kein Wort mehr heraus.
Ich packte ihn, als er nach vorn aufs Lenkrad sank, und lehnte ihn an, so daß er mit dem Kinn auf der Brust dasaß. Dann beugte ich mich über ihn und nahm den Strohhut mit dem geblümten Band, der neben ihm auf dem Sitz lag. Ich setzte ihn so auf seinen Kopf, daß er das halbe Gesicht bedeckte und er aussah, als sei er ein bißchen eingenickt.
Isobel empfing mich kühl, als ich zum Sprite zurückkam; sie tat, als interessiere es sie nicht, wo ich gewesen war und was ich getan hatte, doch ihre Gleichgültigkeit schwand schnell, als wir an dem Datsun vorbeifuhren und sie den zusammengesunkenen Mann hinter dem Lenkrad sah.
»Haben... haben Sie ihn umgebracht?«
»Sind Sie so blutdürstig? Nein, ich hab ihn nicht umgebracht. Ich hab nur dafür gesorgt, daß er ein paar Stunden schläft – mit einer völlig harmlosen Injektion.« Ich schaute auf meine Uhr. »Wir haben noch eineinhalb Stunden Zeit, um zum Flugplatz auf der anderen Seite von Honolulu zu kommen. Ich hoffe, Sie sind fix im Packen. Wir werden unsere Hotelzimmer behalten – falls Sie sich das leisten können. Nehmen Sie nur soviel Sachen mit, wie Sie für ein paar Tage brauchen. Hoffentlich kriegen wir noch Plätze im Flugzeug.«
Sie sagte giftig: »Ich will Ihnen durch die Frage, wohin wir fliegen, die Überraschung nicht verderben. Es scheint Ihnen gar zuviel Spaß zu machen, mich auf die Folter zu spannen.«
Während der Fahrt zum Halekulani sprachen wir kein Wort. Ich glaube, sie war ziemlich wütend auf mich, und ich hatte wegen dem, was ich ihr eben angetan hatte, ein etwas schlechtes Gewissen. Denn Monk würde natürlich nicht glauben, daß sie bloß eine hübsche Verwandte von mir war. Er würde diese Geschichte zu lächerlich finden, um auch nur

einen Gedanken daran zu verschwenden. Im Gegenteil, sie würde ihn veranlassen, ihr seine besondere Aufmerksamkeit zuzuwenden, und es war schwer vorauszusagen, auf welche Weise er das tun würde.
Aber dafür wurde die Frau ja schließlich bezahlt, und zwar gut bezahlt – dafür, daß sie Monks Aufmerksamkeit von einem anderen Mädchen ablenkte, einem Mädchen, das einen Auftrag zu erledigen hatte und das, wie ich hoffte, schon eifrig an der Arbeit war.

13

Wir erwischten das Flugzeug nach Kahului ein paar Minuten vor dem Start und bekamen sogar noch Plätze nebeneinander. Von oben hatten wir eine ausgezeichnete Aussicht auf den Hafen von Honolulu und Pearl Harbor.
»Matt?« sagte Isobel, als wir in östlicher Richtung vorbei an Waikiki und dem Diamond Head übers Meer flogen. Ihr Ton ließ darauf schließen, daß sie der Meinung war, mich genug gestraft zu haben.
Mir fiel ein, daß ich ja immer noch eine Rolle zu spielen hatte, und ich wandte mich vom Fenster ab. Meine Darstellung eines in Ungnade gefallenen Agenten, der in den Tropen die Zeit totschlägt, schien bis jetzt niemand besonders beeindruckt zu haben – und ich war ja auch nie so überzeugt davon gewesen wie der Mann, der sich das Ganze ausgedacht hatte –, doch wenn ich plötzlich damit aufgehört hätte, wäre die Gegenseite bestimmt auf die Idee gekommen, ich hätte etwas Neues, Raffinierteres vor. Jedenfalls würde ein Mann, der entschlossen ist, in Gesellschaft einer hübschen Frau ein paar schöne Tage und Nächte auf Hawaii zu verbringen, sich bestimmt nicht so sehr für die Aussicht interessieren.
»Haben ... haben wir's geschafft, Matt?« fragte Isobel.
Ich sah sie fragend an. »Was?«
»Na, Sie wollten ihn doch abschütteln, nicht? Sie haben ihn doch betäubt, damit er uns nicht ins Flugzeug steigen sieht?«
Ich lachte. »Sie sind anscheinend eine ziemliche Optimistin, Isobel. Sie glauben doch nicht, daß der Junge der einzige

war, oder?«
»Sie meinen, es sind noch andere hinter uns her?«
»Vier Plätze hinter uns sitzt ein Mann mit einer Hakennase; er trägt einen dunklen Anzug und hat eine Aktentasche dabei. Ich habe heute morgen am Strand gesehen, wie er eifrig ein Fernglas benützte. Vermutlich hat er unseren schlafenden jungen Freund abgelöst. Und ich möchte wetten, daß in Kahului bereits jemand darauf wartet, sich an uns zu heften, falls es uns gelingen sollte, auch ihn loszuwerden.«
»Wenn ich mir eine bescheidene Frage erlauben darf – wo liegt Kahului?«
»Auf der Insel Maui«, sagte ich. Isobel starrte mich verständnislos an. Ich grinste. »Sie hätten sich die Landkarte ansehen sollen, bevor Sie hierhergekommen sind. Maui ist die zweite Insel südlich von Oahu, gleich hinter Molokai. Außer Kahului, wo der Flugplatz liegt, und ein paar anderen Orten gibt es noch eine alte Stadt namens Lahaina. Früher sind die Walfänger dort an Land gegangen und haben gesoffen und sich an die Eingeborenenmädchen herangemacht, die anscheinend nicht nur schön, sondern auch willig waren. Doch dann kamen die Missionare und haben ihnen den Spaß versalzen. Jetzt finden Sie entlang der Küste jede Menge Luxushotels. Schnaps kriegt man auch heute noch, soviel man will, aber ein Mädchen muß man sich mitbringen.«
Isobel kniff die Augen zusammen. »Und ich nehme an, Sie haben in einem dieser Hotels ein Zimmer reservieren lassen?«
»Das stimmt nur zum Teil, Madam«, sagte ich. »Ich habe, während Sie packten, herumtelefoniert und ein Hotel gefunden, in dem noch was frei war. Doch ich habe nicht ein Zimmer reservieren lassen, sondern zwei. Ganz keusch und züchtig, Madam.«
Sie sah mich einen Moment an, dann lächelte sie leicht. »Vielen Dank, Matt. Ich will keine Spielverderberin sein, aber ich glaube, in der Vereinbarung, die wir getroffen haben, war davon keine Rede. Ich habe zwar gesagt, daß ich alles tun würde. Aber ich möchte in dieser Hinsicht nicht überrumpelt werden. Ich möchte darum gebeten werden.«
Ich wechselte das Thema. »Ich möchte Ihnen für alle Fälle

etwas sagen. Ich weiß nicht, wie die Sache sich entwickeln wird. Aber es könnte durchaus sein, daß Sie in eine unangenehme Lage kommen und daß man Ihnen Fragen stellt. Ich erwarte das nicht, aber es könnte passieren. Und in diesem Fall wird es für Sie am besten sein, wenn Sie, ohne mit der Wimper zu zucken, Ihre Schwägerinnenrolle spielen.«
»Und was soll ich über Sie sagen, Matt? Falls man mich fragt?«
»Meinetwegen können Sie ihnen über mich sagen, was Sie wollen. Alles, was Sie wissen.«
Sie lachte. »Sehr großzügig von Ihnen. Sie haben ja bestens dafür gesorgt, daß ich so gut wie nichts über Sie weiß.«
»Dafür sollten Sie mir dankbar sein. Je weniger Sie wissen, um so leichter wird es für Sie sein. Im großen und ganzen sollten Sie sich an folgende Geschichte halten: Sie sind nach Hawaii gekommen, um den zweiten Erben der Marner-Million zu suchen. Ihr Mann weiß nicht, daß Sie hier sind. Er wäre damit natürlich nicht einverstanden, doch Sie waren völlig verzweifelt, Sie sahen für sich und Kenneth bittere Armut voraus, und Sie hofften, Ihren unbekannten Schwager dazu bringen zu können, das geerbte Geld mit Ihnen zu teilen. Unter gewissen schamlosen Bedingungen erklärte er sich dazu bereit. Was Ihr Mann nicht weiß, macht ihn nicht heiß, und für eine Viertelmillion haben Sie eingewilligt, mit dem Teufel ein Wochenende in der heißesten Ecke der Hölle zu verbringen. Das ist Ihre Story. Halten Sie sich möglichst genau daran, und schmücken Sie sie nicht weiter aus.«
Sie nickte. »Mit anderen Worten – ich soll mich dumm stellen und so tun, als ob ich sonst überhaupt nichts weiß.« Sie überlegte kurz. »Halten Sie es für möglich, daß sie mich schlagen werden?«
»Grün und blau«, sagte ich grinsend. »Aber dann werden Sie sich wenigstens nicht langweilen, Herzogin. Sie haben doch über Langeweile geklagt, nicht wahr?«
Sie schnitt eine Grimasse. »Das scheint endlos her zu sein.«
Darauf gab es nichts zu sagen, und wir schwiegen. Nach einer Weile deutete ich aus dem Fenster. »Dort unten ist schon Molokai.«
»Dort gibt es eine Leprakolonie, nicht?«
»Heute sagt man nicht mehr Lepra, sondern Hansen'sche

Krankheit. Das hört sich nicht so schlimm an.«
Die Insel kam auf uns zu. Ich sah unten auf dem Wasser ein weißes Motorboot, das, nach der Kielwelle zu schließen, ziemlich schnell fuhr. Vielleicht war es ein Rennboot, das einem Mann namens Monk gehört, obwohl er doch, soviel ich gehört hatte, seine Fahrten nur bei Nacht unternahm. Vielleicht war ein Mädchen namens Jill an Bord, und wenn dies ein Fernsehfilm gewesen wäre, dann hätten sie und ich ein kleines elektronisches Spielzeug dabei gehabt, mit dessen Hilfe wir uns verständigen könnten.
Leider hatten wir es aber mit einem gerissenen, erfahrenen Mann zu tun, nicht mit einem Filmschurken. Mit solchen Kinkerlitzchen war Monk nicht zu schlagen.
Die einzige Möglichkeit, ihm beizukommen, bestand darin, etwas völlig Untechnisches und Unlogisches zu tun. Ich wußte bloß noch nicht, was.

14

Der flache westliche Teil von Molokai mit seinen geometrischen roten Ananasfeldern tauchte auf. Die Berge im Osten waren in Wolken gehüllt, und überhaupt war die Sicht nicht besonders gut. Wir flogen wieder ein Stück übers Meer, und dann näherten wir uns Maui mit seiner kleinen Bergkette auf der einen und dem riesigen, wolkenumhüllten, mitten aus dem Meer aufragenden Haleakala-Vulkan auf der andern Seite.
Auf dem Flugplatz von Kahului wartete bereits die Ablösung. Unser hakennasiger Schatten mit der Aktentasche stieg vor uns aus, blieb in der Abfertigungshalle stehen und zündete sich genau in dem Moment, als Isobel und ich an ihm vorbeigingen, eine Zigarette an. Ich sah mich unauffällig um und entdeckte sofort den Mann, den er auf uns angesetzt hatte. Er stand lässig an eins der Fenster gelehnt. Es war wieder einer, über den wir keine Unterlagen hatten, ein großer, goldbrauner, gutaussehender Eingeborener im rotgeblümten Sporthemd, das über die weiße Hose hing, und Ledersandalen an den nackten braunen Füßen. Obwohl er schon weit über Dreißig sein mußte, hatte er das jungen-

hafte, freundliche Äußere, das für diese Rasse charakteristisch ist, doch ich hielt es für falsch, darauf irgendwie zu vertrauen.
Im Weitergehen sagte ich zu Isobel: »Durch meine telefonische Reservierung hatten sie natürlich genügend Zeit, in unseren Hotelzimmern und in dem Wagen, den wir uns nehmen werden, alle Vorbereitungen zu treffen. Sagen Sie also nichts, was niemand hören soll.«
Sie sah mich mit großen Augen an. »Sie meinen, sie haben sogar im Auto ein Mikrophon versteckt?«
»Vermutlich. Wenn Sie heute abend tatsächlich keusch sein wollen, schützen Sie am besten Kopfschmerzen vor. Wir werden in der Stadt anhalten, und ich werde Ihnen Aspirin besorgen. Es tut Ihnen schrecklich leid, aber Sie fühlen sich wirklich gar nicht wohl und möchten früh zu Bett gehen – allein.«
»Aber...« Sie sah mich scharf und ein wenig verwirrt an. Offenbar hatte sie nicht erwartet, daß ich so besorgt um ihre Tugend sein würde. »Ach, ich verstehe. Sie haben heute abend etwas vor – allein...«
»Genau.«
Sie zuckte die Achseln. »Ihr Wunsch ist mir Befehl, Meister... Der Mann mit dem geblümten Hemd dort drüben am Fenster. Könnte das unser neuer Schatten sein?«
»Möglich, aber das dürfen wir nicht merken. Zumindest vermute ich, daß wir es nicht merken sollen. Sie dürfen nicht so aufmerksam sein, Mrs. Marner. Vergessen Sie nicht, daß Sie eine dumme, arrogante Dame der Gesellschaft sind. Intelligente Leute kriegen Prügel.«
Sie lachte. »Schon gut, ich bin im Bilde.« Ihr Ärger schien verflogen. Sie nahm meinen Arm und drückte sich an mich. »Wirklich schade, daß Sie soviel zu tun haben«, sagte sie spöttisch. »Ich habe ein sehr hübsches Nachthemd eingepackt – ganz zufällig, natürlich.«
Ich grinste. »Ihre verdammten Nachthemden kenne ich. Bitte halten Sie sich strikt ans Drehbuch. Ich möchte Sie aus dem Ganzen soweit wie möglich heraushalten. Verpatzen Sie mir das nicht, indem Sie im falschen Moment unwiderstehlich sind.«
Sie drückte leicht meinen Arm. »Ein beruhigender Gedanke,

daß Sie mir das zutrauen.«

Der Wagen, den sie uns gaben, war eine neue Ford-Limousine, mit allen technischen Raffinessen ausgerüstet, die einem alten Sportwagenfahrer wie mir das Leben sauer machen.

Der Hakennasige schien erleichtert, daß er seinen Auftrag erfüllt hatte. Ich sah, wie er in einen geparkten Wagen stieg und wegfuhr, ohne sich noch einmal umzudrehen, doch der Goldjunge setzte sich in einem schäbigen alten Jeep direkt hinter uns, als ich in Richtung Stadt brauste. Der Küsten-Highway war eine zweispurige, von Palmen gesäumte Asphaltstraße. Ich hielt in der kleinen alten Stadt Lahaina, von der ich Isobel erzählt hatte, nicht an, fuhr aber langsam genug durch, um mich davon zu überzeugen, daß es einen langen Landesteg mit allen möglichen Arten von Fischerbooten gab. Irgendeins davon war sicherlich zu mieten, und Molokai lag, nautisch betrachtet, gleich um die Ecke.

Als wir weiterfuhren, erkannte man jenseits des Wassers deutlich die Leprainsel. Mir als Landratte war der Gedanke an eine Fahrt mit so einem kleinen Boot nicht ganz geheuer, aber vielleicht würde sich eine bessere Möglichkeit finden. Zumindest konnte ich erst einmal so tun, als ob ich alle Vorbereitungen dafür traf. Das würde dem Goldjungen und seinem hakennasigen Freund etwas Interessantes zu berichten geben – und je mehr Interesse ich hier erregte, desto weniger würde für Jill übrigbleiben, wo immer sie auch sein mochte.

Wir passierten eine Reihe eleganter Hotels und einen gepflegten Golfplatz. Je weiter wir nach Norden kamen, desto wilder wurde die Küste, und schließlich tauchte ein Hügel auf, der eine hübsche, sandige Bucht überragte. Am Abhang verstreut klebten die Gebäude des Hotels, für das sichtlich eine Menge Geld und architektonische Phantasie aufgewendet worden war; etwas weniger hätte besser zur Atmosphäre der Insel gepaßt, doch es war ein Luxushotel, das keinerlei Wert darauf zu legen schien, für etwas anderes gehalten zu werden. Als wir darauf zufuhren, holte Isobel Kamm und Lippenstift hervor und machte sich ein wenig zurecht. Dann zündete sie sich in ihrer hastigen, nervösen Art eine Zigarette an und schob das Feuerzeug wieder in ihre Handtasche. Bevor wir ausstiegen, sagte sie im Hinblick auf das mögli-

cherweise im Wagen versteckte Mikrophon: »Ich hätte gern einen Drink, bevor ich mich zum Dinner umziehe.«
»Okay. Ich auch. Ich brauch dringend einen, wenn du tatsächlich beabsichtigst, den ganzen Abend Kopfschmerzen zu haben.«
»Ich kann doch nichts dafür, daß mir dieser Einbrecher einen Schlag über den Schädel verpaßt hat«, sagte sie.
So zankten wir uns in der Hotelbar und in den Zimmern weiter. Sie lagen nicht nebeneinander, doch am gleichen Korridor; etwas anderes hatte ich in so kurzer Zeit nicht bekommen. Als ich ihr Zimmer verlassen wollte, rief sie mich zurück.
»Matt.«
»Ja?«
Sie ging an mir vorbei, machte die Tür zu und wandte sich zu mir um. »Ich habe wirklich schreckliche Kopfschmerzen, Liebling«, sagte sie. »Wie wär's, wenn du ein bißchen Mitgefühl zeigen würdest, statt wie ein lebendiger Vorwurf herumzulaufen.«
Ich zögerte und überlegte kurz, was für die Mikrophone wohl am besten klingen würde. Dann sagte ich: »Entschuldige. Ich bin ein entsetzlicher Egoist, Baby. Hau mir eine runter.«
Sie lachte, kam zu mir, nahm mein Gesicht in die Hände und küßte mich auf den Mund – doch was als eine freundliche Versöhnungsgeste gedacht gewesen war, entwickelte sich unter ihrer geschickten Regie rasch zu einer überaus leidenschaftlichen Szene. Ich hatte den Eindruck, daß das nicht zu unserem vereinbarten Plan gehörte, und dieses Gefühl wurde immer stärker, als sie die Arme um meinen Hals schlang und verschiedene andere Dinge tat, die für einen Mann, der seit Wochen im Zölibat lebte, äußerst beunruhigend waren.
»Du Hexe!« murmelte ich zärtlich, nachdem ich mich soweit frei gemacht hatte, daß ich sprechen konnte.
Ihr Ausdruck war zugleich übermütig und boshaft. Sie preßte die Wange an meine und flüsterte mir ins Ohr: »Was ist los mit Ihnen, Mr. Geheimagent? Sie scheinen Ihren Auftrag zu vergessen. Du hattest doch heute abend etwas vor, nicht? Und ich hab so furchtbare Kopfschmerzen. Ganz schrecklich. Das hast du selbst gesagt.«

Ich hatte wirklich keinen Anlaß, diesen Unsinn mitzumachen. In Honolulu hatte ich mich zurückgehalten, doch ein junges Mädchen, das Mata Hari spielte, war etwas anderes als eine auf Sexspiele scharfe erwachsene Frau. Wenn sie es so wollte, konnte sie es haben.

Ich packte sie und flüsterte heiser: »Das ist Sabotage. Ich hab dir gesagt, du sollst nicht auf unwiderstehlich machen, verdammt noch mal.«

»Vergiß nicht die Mikrophone, Liebling«, spottete sie.

»Zum Teufel mit den Mikrophonen!«

Ich zog sie fest an mich und brachte ihr Kostüm ein wenig in Unordnung, als ich sie wieder küßte.

»Nicht, Matt!« protestierte sie. »Mein ...«

»Ach, zum Teufel damit! Das hättest du dir früher überlegen sollen. Ich habe dich gewarnt, aber du mußtest ja beweisen, wie sexy du bist. Sei schön brav und komm aufs Bett.«

Sie wehrte sich wütend. »Ich hasse brutale Männer! Ich hab dir doch gesagt, ich möchte darum gebeten werden.«

»Gut, würden Sie sich bitte aufs Bett legen und sich vergewaltigen lassen, Madam?«

»So ist's schon besser«, flüsterte sie. »Wesentlich besser. Gern, Mr. Helm, wenn Sie mir bitte noch einen Moment Zeit lassen würden, damit ich einiges ablegen kann.«

15

Später tranken wir noch einen Schluck draußen auf der Hotelterrasse. Es war schon ziemlich finster, und die Badegäste hatten den Strand verlassen. In der gleichen Richtung wie die untergehende Sonne lag eine flache, kleine Insel – das mußte Lanai sein. Im Norden sah man die dunklen, wolkenumhüllten Berge von Molokai. Zwischen den beiden Inseln befand sich, laut Karte, der Pailolo-Kanal; etwa sechzehn Kilometer breit und zweihundertfünfzig Meter tief.

Ich lehnte mich zurück und sah sie über den Tisch hinweg an. Ihr dunkles Haar war wieder glatt, und sie hatte die Lippen sorgfältig geschminkt. Mit ihrer unvermeidlichen Sonnenbrille wirkte sie reserviert und geheimnisvoll.

Sie trug ein enges, kurzes, ärmelloses Cocktailkleid aus

Seide, gemustert mit großen stilisierten Blumen auf weißem Untergrund, das ziemlich viel von Schultern und Rücken freiließ. In ihrer grünen Brille spiegelte sich leicht verzerrt das Hotel hinter mir. Ich streckte die Hand aus, nahm sie ihr ab, schaute hindurch und lachte. »Was ist denn so komisch?« fragte sie.

»Das verstehst du nicht. Ein merkwürdiges Spiel mit umgekehrten Vorzeichen. Ich hab mal ein Mädchen gekannt, das sich für eine andere ausgab und deshalb eine Brille trug. Die Augen des Mädchens waren aber völlig in Ordnung, und so hatte sie nur Fensterglas in der Brille. Deine Brille dagegen sieht wie eine gewöhnliche Sonnenbrille aus, und jetzt stellt sich heraus, daß richtige geschliffene Gläser drin sind.«

»Natürlich. Hat eine Frau nicht das Recht, ein bißchen eitel zu sein? Ich kann keine Kontaktschalen tragen, weil ich davon entzündete Augen bekomme. Und mit einer normalen Brille sehe ich aus wie eine verknöcherte Lehrerin. Mit einer dunklen Brille kann ich mir zumindest einbilden, daß ich wie eine Filmschauspielerin wirke, die nicht erkannt werden will.«

»So eine Brille kann nie schaden«, meinte ich. »Es gibt Situationen, in denen eine Glasscherbe sehr nützlich sein kann.«

Sie schnitt eine Grimasse. »Solche Absichten hatte ich damit eigentlich nicht – sie hat immerhin fünfzig Dollar gekostet. Außerdem bin ich ohne Brille halbblind. Was ist aus dem Mädchen geworden«

»Aus welchem Mädchen?«

»Dem, das sich für eine andere ausgab.«

»Es ist tot.«

»Oh.« Nach kurzem Schweigen sagte Isobel leise: »Die Frage, wie sie ums Leben gekommen ist, erspare ich mir lieber. Erstens möchte ich's gar nicht wissen, und zweitens würdest du's mir wohl kaum verraten.«

»Genau. Wenn du ausgetrunken hast, sollten wir vielleicht zur Abwechslung mal was essen. Nur noch eine Frage.« Ich betrachtete sie nachdenklich. »Neigst du dazu, nachts in kleinen Booten seekrank zu werden?«

Sie sah mich erstaunt mit ihren grauen Augen an. »Ich war noch nie im Leben seekrank.«

»Nun, was nicht ist, kann noch werden. Es gibt hier einen vermutlich verlassenen Küstenstrich, den ich mir gern mal ansehen möchte, ohne daß es jemand merkt. Dort drüben auf Molokai ... Halt, nicht umdrehen.«
»Verzeihung. Das war dumm von mir. Werden wir beobachtet?«
Ich ging auf ihre Frage nicht ein. »Es wird eine ziemlich lange, feuchte Fahrt gegen den Wind sein – selbst, wenn es mir gelingt, in Lahaina ein einigermaßen zuverlässiges Boot zu beschaffen. An sich wollte ich heute abend, während du mit deinen Kopfschmerzen im Bett gelegen hättest, dorthin und das Ganze vorbereiten. Vielleicht wäre ich sogar gleich nach Molokai hinübergefahren. Aber jetzt, da du dich der Gegenseite als meine willige Komplicin enthüllt hast, möchte ich es nicht riskieren, dich allein zurückzulassen. Wenn ich verschwinde, werden sie bestimmt wissen wollen, wo ich bin, und wenn du da bist, werden sie sich höchstwahrscheinlich an dich um Auskunft wenden. Das könnte für dich ziemlich unangenehm werden. Deshalb ist es sicher besser, du kommst mit – auch auf die Gefahr hin, daß dein Haar ein bißchen naß wird.«
Sie entgegnete ruhig: »Ich bin zwar kein weiblicher Kolumbus, aber ich bin schon öfters gesegelt. Wann fahren wir?«
»Immer mit der Ruhe«, sagte ich grinsend. »Du bist so schrecklich impulsiv. Wir gehen jetzt erst mal zum Dinner, und ich werde mich nach einer Weile auf die Herrentoilette begeben und nicht zurückkommen. Du trommelst ungeduldig mit den Fingern auf den Tisch, ißt dein Dessert, rauchst nervös eine Zigarette und kehrst dann wieder hierher zurück. Du suchst dir einen Platz und bestellst dir einen Drink. Dadurch geben wir unserem hakennasigen Freund etwas zu tun – er wird dich beobachten. Übrigens, er sitzt mit seinem kleinen Fernglas dort drüben auf der Seitenterrasse. Nicht hinschauen. Er soll denken, daß wir ihn nicht bemerkt haben.«
»Ich hab ja gar nicht hingeschaut.«
»Auf diese Weise brauche ich mich nur mit dem anderen Burschen zu beschäftigen, der wahrscheinlich in der Nähe des Wagens herumlungert. Ich werde ihn zwischen hier und Lahaina auf irgendeine Weise abhängen und alles wegen

dem Boot regeln. Bis zu meiner Rückkehr hast du dich in eine Mordswut hineingesteigert. Wir verschwinden beide streitend im Dunkeln und versuchen, den andern Schnüffler ebenfalls außer Gefecht zu setzen. Vorübergehend, natürlich. Dann ziehen wir uns wetterfeste Sachen an und brechen auf. Okay?«
»Äußerst raffiniert.« Sie musterte mich unverwandt. »Weißt du, wie sich das anhört?«
»Wie?«
»Wie eine Geschichte«, sagte sie ausdruckslos, »die ein Mann einem Mädchen erzählen würde, das er gern loswerden möchte. Welche Garantie habe ich dafür, daß du zurückkommst?«
Ich lachte, nahm die dunkle Brille vom Tisch und setzte sie ihr auf die Nase. »Keine. Ich kann dir nur raten, nicht zuviel zu trinken, während du wartest. Es gibt nichts Schlimmeres als einen Kater auf einem schwankenden kleinen Boot.«
Eine Dreiviertelstunde später, als ich mein Steak fast verzehrt hatte, entschuldigte ich mich und verließ den Tisch. Während des Dinners war der Mann mit dem dunkelhäutigen Gesicht hereingekommen; er saß in der Nähe der Tür und aß ebenfalls. Ohne ihn anzusehen, ging ich an ihm vorbei. Draußen bog ich in Richtung Toilette ab, betrat sie aber nicht, sondern machte eine Runde um den kleinen Springbrunnen in der Halle. Es standen eine Menge tropische Gewächse in großen Töpfen herum. Ich postierte mich hinter eine exotische Pflanze mit glänzenden Blättern. Durch die große Speisesaaltür konnte ich Isobel sehen.
Sie ließ mich nicht lange warten; sie verzichtete sogar auf das Dessert und den Kaffee. Als sie ihr Steak aufgegessen hatte, rief sie den Kellner, kritzelte ihre Unterschrift auf die Rechnung und kam auf mich zu. Im Gehen machte sie ihre Handtasche auf und nahm eine Zigarette heraus. Sie blieb einen Moment unentschlossen stehen, dann trat sie an den Tisch, an dem der Mann mit der Hakennase saß.
Er hob den Kopf, stand höflich auf und gab ihr Feuer. Ich sah, wie sie flüsternd die Lippen bewegte, als sie sich über die Flamme beugte. Dann bedankte sie sich leise lächelnd, kam heraus, durchquerte die Halle und verschwand, eine schlanke, hübsche, elegant gekleidete Frau, die nichts weiter im

Kopf zu haben schien, als auf die andern eleganten Gäste dieses erstklassigen Hotels einen guten Eindruck zu machen.
Ich seufzte. Sie hatte mich fürchterlich hereingelegt. Ihre Schwägerinnengeschichte war eine geniale Idee gewesen, und ich hatte keine Ahnung, wieviel daran wahr war. Doch schließlich hatte sie ihre Rolle übertrieben. Das tun Frauen in unserer Branche oft. Sie halten es für die sicherste Methode, einen Mann einzuwickeln und sein Mißtrauen zu beschwichtigen, daß sie ihn so schnell wie möglich verführen. Leider finde ich mich jedoch nicht so faszinierend, daß ich mir einbilde, jedes Mädchen müßte scharf darauf sein, mich in ihr Bett zu kriegen. Wenn mir so etwas passiert, frage ich mich automatisch, was sie außer Liebe wohl sonst noch will. Es sah ganz so aus, als ob ich in diesem Fall auf dem besten Weg war, dahinterzukommen...

16

Natürlich mußte ich mich nun erst einmal vergewissern, ob mein Verdacht stimmte, denn das Anzünden einer Zigarette und ein paar geflüsterte Worte ließen zwar auf Verrat schließen, waren aber kein Beweis. Als der Mann zehn Minuten später, nachdem er mehrmals auf die Uhr geschaut hatte, den Speisesaal verließ, folgte ich ihm vorsichtig. Wohl aus reiner Routine führte er mich um das Hotel herum und testete mit einigen Standardtricks ein paarmal, ob ihm jemand auf den Fersen war. Da er das aber offenbar nicht ernstlich erwartete, sah er mich nicht. Sie mußte ihn überzeugt haben, daß ich unterwegs nach Lahaina war. Bald ließ er alle Vorsicht beiseite und bog auf einen Weg ein, der zum Strand hinunterführte. Sie wartete im Dunkeln auf ihn.
Ein paar Minuten sprachen sie miteinander. Ich riskierte es nicht, nahe genug heranzuschleichen, um ihre Unterhaltung belauschen zu können. Die Tatsache, daß sie miteinander redeten, genügte. Es sah ganz so aus, als stimme meine anfängliche Vermutung, als hätte Monk die Frau mit einer raffiniert ausgedachten Geschichte auf mich angesetzt. Einen anderen Grund, heimlich mit einem seiner Männer zu

sprechen, gab es kaum.
Schließlich trennten sie sich. Er ging zum Strand hinunter und sie den Weg zum Hotel hinauf, wobei sie ganz nahe an dem Gebüsch vorbeikam, hinter dem ich kauerte. Als sie verschwunden war, wartete ich noch einen Moment und dachte nach. Eigentlich war alles in bester Ordnung. Meine Situation war besser als zuvor. Eine vertrauenswürdige Frau um sich zu haben, ist immer äußerst hinderlich, vor allem, wenn sie auch noch schön ist. Man fühlt sich ständig verantwortlich für sie und ihre verdammte Schönheit. Falsche, ein Doppelspiel treibende Frauen hingegen, ganz gleich, wie sie aussehen, belasten das Gewissen nicht und können dabei sehr nützlich sein. Zum Beispiel wissen sie oft Dinge, die vertrauenswürdige Frauen nicht wissen.
Ich verließ mein Versteck und ging zum Wagen, wobei ich mir sagte, daß ich doch wirklich ein äußerst smarter Bursche war und daß sie sich etwas Besseres hätten ausdenken müssen, um Matthew Helm aufs Kreuz zu legen. Als ich in solche Betrachtungen versunken einstieg, richtete sich jemand hinter dem Vordersitz vom Boden auf und bohrte mir eine Kanone ins Ohr. Genau das passiert einem immer in unserer Branche, wenn man sich einbildet, besonders smart zu sein.
»Ganz ruhig, Eric«, sagte hinter mir eine Stimme, die ich kannte. »Ich bin's – Francis. Sie wissen doch, Bill Menander? Jetzt sind zur Abwechslung Sie dran. Wenn Sie nicht stillsitzen und geradeaus blicken, verpasse ich Ihnen ein Loch in den Kopf. Sie sollten Ihre Medikamente besser dosieren, Mr. Helm. Auf das Zeug, das Sie mir draußen auf der Delphinfarm verpaßt haben, hab ich bloß eineinviertel Stunden geschlafen.«
»Ich werde mich bei unserem Labor beschweren«, sagte ich. »Was passiert jetzt?«
»Jetzt geben Sie mir erst mal Ihre Kanone – aber schön langsam.«
»Da.« Ich hielt sie hoch und spürte, wie sie mir aus der Hand genommen wurde. »Und jetzt?«
Bevor er antworten konnte, kam jemand laut keuchend auf den Wagen zugerannt. »Okay, Bill«, japste eine Stimme, die ich nicht kannte. »Der *Kanaka* ist erledigt.«

»Für wie lange?«
»Fürs erste reicht's. Laß uns abhauen, bevor Pressman die Gegend nach seinem Wunderknaben abzusuchen beginnt... Rücken Sie ein Stück rüber!«
Ich gehorchte. Natürlich hätte ich auch eindrucksvoll reagieren können, aber da wäre unvermeidlich einer von uns tot auf der Strecke geblieben. Außerdem hatte das Ganze verschiedene interessante Aspekte, und es schien mir besser, sie vorsichtig zu erforschen.
Ich blieb deshalb ruhig, den Revolver im Nacken, auf meinem Beifahrersitz, während der unbekannte Jüngling den Hotelhügel hinunter und dann nach Süden die Küstenstraße entlangfuhr.
»Was ist ein *Kanaka?*« erkundigte ich mich schließlich.
Der Fahrer warf mir einen wütenden Blick zu, doch Francis hinter mir antwortete: »Früher hieß das bloß Mann oder Eingeborener. Aber inzwischen hat das Wort einen verächtlichen Beigeschmack bekommen, und heute ist Vorsicht geboten, wenn man jemand einen *Kanaka* nennt. Ungefähr so, wie wenn man einen Neger als Nigger bezeichnet. Ich glaube, Rog würde sich wohl kaum trauen, von Mister Glory in seiner Gegenwart als *Kanaka* zu sprechen. Stimmt's, Rog?«
»Quatsch. Ich hab keine Angst vor Mister Glory. Du hättest mal sehen sollen, wie ich ihn fertiggemacht hab. Er hat nicht gewußt, wie ihm geschieht.«
»Mister Glory?« fragte ich. »Wer ist das? Der dunkelbraune Bursche in dem Jeep?«
»Sein richtiger Name ist Jimmy Hanohano«, erklärte Francis. »Angeblich soll er von irgendeinem König abstammen oder so.«
Rog meinte: »Na und? Hier stammt doch jeder von irgendeinem König ab.«
»Jedenfalls heißt Hanohano auf hawaiianisch Ruhm oder Ehre, und so hat er sich, als er mal eine Band hatte, Mister Glory genannt. Mister Glory und seine Surf Kings. Er spielt und singt auch heute noch in den Bars und legt die Weiber reihenweise aufs Kreuz. Die stehen unheimlich auf ihn. Wenn er in der richtigen Stimmung ist, spielt er tatsächlich prima Gitarre. Aber wenn er besoffen ist und eine angebrochene Flasche in der Hand hat, macht man besser einen

großen Bogen um ihn.«
»Du tust ja grade so, als ob du sein Presseagent oder so was wärst«, sagte Rog. »So gefährlich ist er nun auch wieder nicht.«
»Ich hoffe bloß, du hast ihn richtig versorgt. Ich hab keine Lust, mich mit ihm anzulegen. Und mit Pressman auch nicht. Dieses hakennasige Schwein würde uns mit der gleichen Ruhe abservieren lassen, wie er zum Frühstück ein Ei bestellt.«
»Vielleicht hat er den Auftrag dazu schon erteilt. Oder vielleicht auch Monk. Der ist der einzige, vor dem ich Angst hab. Wenn ich an seine verdammten blauen Augen denke ... Fahr mal ein bißchen langsamer und bieg bei der nächsten Gelegenheit von der Straße ab.«
Als wir abbogen, huschten die Scheinwerferkegel über einen der bunten Wegweiser, die für die Touristen aufgestellt sind und die Routen zu den interessanten Punkten der Insel markieren. Wir fuhren auf einem holprigen Weg durch ein in der Dunkelheit endlos scheinendes Zuckerrohrfeld und hielten schließlich vor einer Art Canyon, hinter dem vermutlich die Berge aufragten. Rog schaltete den Motor ab, und einen Moment herrschte Schweigen. Dann klopfte mir Francis auf die Schulter.
»Da haben Sie Ihre Kanone, Mr. Helm«, sagte er und hielt sie mir mit dem Griff hin.
Ich warf einen etwas erschrockenen Blick darauf. Wie ich schon mehrmals erwähnte, ist man in unserer Branche ziemlich argwöhnisch und illusionslos; keiner von uns glaubt an den Weihnachtsmann. Und es gibt eine Menge schmutzige Tricks, die damit anfangen, daß man dem Gefangenen seine Waffe zurückgibt. Bevor ich mich entschließen konnte, sie zu nehmen, griff Rog danach und riß sie Francis aus der Hand.
»Bei dir ist wohl 'ne Schraube locker?«
Francis konterte: »Wir brauchen ihn doch, oder? Er ist der einzige, der uns weiterhelfen kann. Glaubst du, du kannst ihn dazu bringen, indem du ihm das Ding vor die Nase hältst? Gib ihm die Kanone.« Er wandte sich zu mir: »Entschuldigen Sie, daß wir Sie so überfallen haben, Sir, aber wir müssen mit Ihnen reden, und Sie wurden beobachtet. Es war

leider keine Zeit zu langen Erklärungen ... Los, gib sie ihm, Rog.«

»Moment. Erst möchte ich mal hören, ob er was für uns tun kann. Frag ihn wegen Jill.«

»Was ist mit Jill?« erkundigte ich mich.

»Eben das wollten wir von Ihnen wissen, Mr. Helm«, entgegnete Francis. »Sie hat uns gesagt, daß sie heute morgen mit Ihnen verabredet war. Sie hatte vor, Ihnen zu erklären ...«

»Was?«

Rog musterte mich mißtrauisch. »Haben Sie sie heute morgen gesehen?«

»Ja, natürlich. Sie hat versucht, mir Wellenreiten beizubringen.«

»Ein Jammer, daß ich das nicht mitgekriegt hab«, sagte Rog spöttisch.

Ich betrachtete ihn. Er war einer dieser hübschen, braungebrannten, arroganten Jungen mit strähnigem, zu langem Haar, die auf Hawaii massenhaft herumliefen.

Ich habe nichts gegen langes Haar, wenn darunter auch noch was anderes steckt. Doch Rogs einziger Pluspunkt war, daß sein Kollege Francis trotz seinem plumpen Gesicht und seinem lächerlichen kleinen Schnurrbart gegen ihn immer sympathischer wirkte.

Francis sagte: »Laß das, Rog. Nehmen Sie's ihm nicht übel, Mr. Helm. Er hat bloß Angst. Wir haben beide Angst. Wir haben keine Ahnung, auf was wir uns da eingelassen haben, und jetzt ist das Haus in der Kilauea Street zugesperrt und am Telefon meldet sich niemand, und Lanny ist tot und Jill verschwunden. Wissen Sie wirklich nicht, wo sie ist? Sie sagte, Sie sind mit dem Auftrag hergeschickt worden, ihre Information an Washington zu überprüfen. Sie wollte nur den richtigen Moment abwarten, um sich Ihnen zu erkennen zu geben. Hat sie Ihnen heute früh denn gar nichts gesagt?«

Ich antwortete nicht gleich. Daß Jill anscheinend diesen Grünschnäbeln restlos vertraut hatte, war ein harter Schlag; das machte alle unsere Sicherheitsvorkehrungen zu einem Witz. Es fiel mir nicht schwer, zu entscheiden, wieweit ich ihnen trauen konnte; ich traute ihnen nicht im mindesten. Selbst wenn sie die Wahrheit sagten, was noch nicht bewiesen war, schienen sie keinerlei Erfahrung zu haben und in

unserem Geschäft nicht sehr geschickt zu sein.
Doch das war im Moment nicht so wichtig, denn dort draußen im Dunkeln war jemand, dem ich noch weniger traute, jemand, der bereits zuviel gehört hatte.

17

Ich hatte natürlich keine Ahnung, wer es war. Mein Gehör und meine Erfahrung sagten mir lediglich, daß draußen jemand um den Wagen herumschlich. Ich überlegte kurz. Isobel konnte es kaum sein; so etwas schien nicht zu ihrem Auftrag zu gehören, und auf jeden Fall hatte sie, als ich sie zuletzt sah, nicht die richtige Kleidung dafür angehabt. Vermutlich war es der hakennasige Mann, dessen Namen – Pressman – ich jetzt kannte, oder sein Adlatus, dieser Hanohano, den die beiden Mister Glory genannt hatten. Rog hatte zwar behauptet, ihn für eine Weile außer Gefecht gesetzt zu haben, doch ich hielt Rog für keine sehr zuverlässige Informationsquelle.
Auf jeden Fall war Diskretion jetzt sinnlos. Wir hatten in normaler Lautstärke gesprochen, die Wagenfenster waren offen, und es war totenstill hier draußen. Ich mußte annehmen, daß der Mann im Dunkeln Dinge über Jill gehört hatte, die er nicht weitersagen durfte. Ein paar mehr konnten nicht schaden. Ich mußte ihn so nahe heranlocken, daß er zum Schweigen gebracht werden konnte.
Laut und deutlich erklärte ich: »Doch, einiges hat sie mir gesagt. Allerdings hat sie mir verschwiegen, daß sie ganz Hawaii ins Vertrauen gezogen hat. Ich hätte sie wirklich für vorsichtiger gehalten, Herrgott noch mal! Wer weiß sonst noch, daß sie mit Washington in Kontakt stand?«
»Nur wir, Mr. Helm«, beteuerte Francis. »Und Lanny, aber der ist tot.«
»Wer ist Lanny, und wieso ist er tot?«
»Wir waren vier – Jill, Lanny, Rog und ich. Wir ... wir haben sozusagen zusammengearbeitet. Sie wissen ja, für den Frieden in Asien ... Jill war die treibende Kraft, sie war voller Ideen ...«
»Ich weiß. Sie hat mir genug darüber erzählt. Aber was ist

mit diesem Lanny?«
Francis sagte ein wenig ungeduldig: »Ich glaube, zuerst sollten Sie erfahren, wie wir alle angeworben worden sind, Sir. Nach einer unserer Zusammenkünfte hat Jill diesen Mann kennengelernt, der sich Rath nannte...«
»Monk«, sagte ich. »Das hat sie mir erzählt. Er hat sie überzeugt und Sie auch. Ihr wolltet der Welt den Frieden bescheren – auf Regierungsspesen.«
Der Mann draußen schlich näher heran. Ich konnte fast nicht glauben, daß die beiden ihn nicht hörten, doch Jungen aus der Stadt – Jungen, die nie mit einem Gewehr im Wald Kaninchen oder Rehen aufgelauert haben – sind ja praktisch taub. Oder vielleicht wußten sie genau, daß er draußen war. Vielleicht war das Ganze eine Falle, und sie hatten von dem Mann im Dunkeln den Auftrag, mich zum Reden zu bringen.
»Weshalb ist denn Lanny umgelegt worden? Oder ist er eines natürlichen Todes gestorben?« erkundigte ich mich.
»Man hat ihm das Genick gebrochen«, sagte Francis und erschauderte. »Meiner Meinung nach hat das Monk persönlich getan. Lanny liegt in dem Haus in der Kilauea Street, mit verdrehtem Kopf... Mr. Helm, ich glaube, man hat uns an der Nase herumgeführt. Ich glaube, daß Monk einen Haufen junge Leute mit pazifistischen Ideen angeworben hat, um zu verschleiern, was er mit diesen anderen Männern, deren Namen nicht in den Listen stehen, wirklich vorhat. Das Merkwürdige ist, daß wir nie irgendwie ausgebildet und daß keinem von uns Vorwürfe gemacht wurden, weil wir uns politisch betätigten. Man könnte fast glauben, es war Monk ganz recht, daß wir die Aufmerksamkeit auf uns zogen. Übrigens hatten wir auch nie was zu tun. Mein erster richtiger Auftrag war, Sie zu beschatten. Ich fürchte, ich hab mich dabei ungeschickt angestellt.«
»Vielleicht sollte ich es merken«, meinte ich. »Aber jetzt erzählen Sie mir endlich Näheres über Ihren Freund Lanny. Er liegt also mit gebrochenem Genick in dem Haus in der Kilauea Street. Ist das das Haus in Honolulu, das Monk als Hauptquartier benützt?«
»Offiziell«, sagte Francis. »Ich habe den Verdacht, daß das auch bloß eine Art Fassade war.«
»Das Haus ist jetzt zugesperrt? Es ist niemand drinnen außer

dem toten Lanny?«
»Genau«, bestätigte Rog. »Mein Gott, wir sind fast über ihn gestolpert, als wir in das Haus eindrangen.«
Francis fuhr fort: »Wir haben versucht, anzurufen – wir wollten uns melden und um Anweisungen bitten, doch bei keiner der üblichen Nummern hat sich jemand gemeldet. Ich hab's probiert, nachdem ich wieder zu mir gekommen war – Sie erinnern sich doch, Sie hatten mir aufgetragen, etwas auszurichten ... Dann hab ich Rog geholt und versucht, mich mit Lanny und Jill in Verbindung zu setzen, hab sie aber nicht erreicht. Wir haben noch mal angerufen – niemand meldete sich. Darauf sind wir zu dem Haus gefahren, doch es war kein Mensch da – niemand kam an die Tür, kein Auto stand davor. Nur Lannys Honda. Wir gingen um das Haus herum und sahen, daß ein Fenster halb offenstand. Wir stiegen ein und fanden Lanny. Vermutlich tat er das gleiche wie wir – er rief an, und als sich niemand meldete, fuhr er hin. Doch als er auftauchte, muß noch wer dagewesen sein. Lanny muß was gesehen haben, was er nicht sehen sollte, und deshalb hat man ihn umgebracht.«
»Und Jill?« fragte ich. »Sie konnten sie nirgends finden?«
»Nein.«
Rog sagte: »Du hast ihm noch nicht von dem Boot erzählt.«
»Ja, stimmt. Wir haben nachgesehen, ob das Boot da ist. Das kleinere mit dem Evinrude 70. Es war nicht da. Das größere war schon seit ein paar Tagen weg.«
»Das hat Jill auch erzählt«, bestätigte ich.
»Wirklich?« fragte Rog. »Ich hab das Gefühl, Sie holen alles mögliche aus uns heraus, und Sie selbst verraten uns keine Silbe. Rücken Sie endlich damit raus, wovon Sie und Jill heute früh gesprochen haben. Falls das überhaupt stimmt.«
Der Mann draußen war jetzt ganz nahe. Da sich rechts von unserem Wagen der Canyon befand, kam er von links, was mir nur lieb war. Auf diese Weise war Rog zwischen ihm und mir. Ich hoffte, daß er als Kugelfang dienen würde, falls es zu einer Schießerei kam. Eine bessere Verwendung für ihn konnte ich mir nicht denken.
Ich sagte: »Nur noch ein paar Fragen, dann sag ich's Ihnen. Erstens, haben Sie mal von einem Ort namens K gehört?« Sie schüttelten beide den Kopf. »Und Lanny war einfach tot? Er

hatte nichts an sich, was darauf schließen läßt, daß man ihn zum Reden bringen wollte – keine Brandwunden oder so?«
»Nein«, sagte Francis. »Nichts dergleichen.«
»Dann besteht ja Hoffnung, daß sie Jill noch nicht auf die Schliche gekommen sind. Von euch beiden hat doch keiner gequatscht, oder?«
»Für wie dumm halten Sie uns eigentlich?« sagte Rog. »Mein Gott, wenn Monk dahinterkäme, daß wir beschlossen haben, Jill soll sich mit Washington in Verbindung setzen, würde er uns alle umbringen!«
»Und warum haben Sie beschlossen, sich mit Washington in Verbindung zu setzen?«
»Das hab ich Ihnen doch schon erklärt«, sagte Francis. »Wir hatten das Gefühl, daß er uns an der Nase herumführt. Es sah so aus, als ob er irgendeine ganz große Sache vorhat, eine Art Verrat, und als ob wir ihm dabei helfen sollen. Als Jill sagte, er wäre mit Peking in Kontakt...«
Rog unterbrach ihn: »Verdammt, ich finde, dieser Krieg ist eine ganz große Scheiße, aber das müssen wir doch unter uns abmachen – Sie verstehen mich schon. Wenn Monk vorhat, mit den Chinesen zusammenzuarbeiten, dann ohne mich. So was kommt für mich nicht in Frage. Aber jetzt sagen Sie uns endlich, was sie mit Jill verabredet haben!«
»Schön. Also...« Ich begann es ihnen in leisem Flüsterton zu erzählen, und zwar die Wahrheit. Das war einfacher, als sich eine Lüge auszudenken.
Es klappte ausgezeichnet. Da ich so leise flüsterte, konnte er mich nicht mehr verstehen, und so kam er noch näher heran, um etwas mitzukriegen, aber so taub waren die beiden denn doch nicht. Francis hob plötzlich die Hand, und ich verstummte, und Rog schaltete die Scheinwerfer ein, und da stand er – Mister Glory persönlich, in der Rechten einen blitzenden Revolver.
Er warf sich zur Seite und schoß. Wenn man bedenkt, daß er durch die Scheinwerfer geblendet wurde, war es ein Meisterschuß. Ich hörte, wie die Kugel Rog traf, und wartete nicht auf die zweite. Ich ließ mich aus der Tür fallen und rannte los wie der Teufel. Hinter mir peitschten weitere Schüsse auf. Einer davon klang dumpf und gedämpft, als sei er aus dem Innern des Wagens abgefeuert worden. Die

beiden Schüsse, mit denen Hanohano antwortete, hallten scharf und deutlich zwischen den Wänden des Canyon wider.
Inzwischen war ich an der Stelle, wo der Weg in das Zuckerrohrfeld abbog. Hinter mir hörte ich einen letzten lauten Knall, und links von mir schlug eine Kugel in den Boden ein, prallte ab und pfiff mit einem häßlichen Geräusch an mir vorbei. Jetzt war ich außer Sichtweite. Ich schätzte, daß Mister Glory noch einen Schuß in der Kanone hatte, höchstens jedoch zwei, falls es sich um einen sechsschüssigen Revolver handelte. Wenn er auch nur etwas von seinem Geschäft verstand, und das nahm ich an, würde er mir kaum mit einem fast leeren Magazin nachstürzen, sondern erst neu laden.
Ich sorgte dafür, daß er mich hörte. Mit polternden Schritten rannte ich den Weg zwischen dem Zuckerrohr entlang, als hätte ich Angst und nur die Flucht im Sinn. Mein Blick fiel auf ein Fahrzeug, das auf einem nach links abzweigenden Seitenweg stand: der offene Jeep. Ich rannte weiter und wurde allmählich langsamer, als ginge mir die Kraft und die Luft aus, was von der Wahrheit gar nicht weit entfernt war. Schließlich schleppte ich mich atemlos, mit langsamen, schlurfenden Schritten dahin.
Ich kehrte um und schlich so leise wie möglich zu dem Jeep zurück. Er stand immer noch matt schimmernd zwischen dem Zuckerrohr. Ich setzte alles auf eine Karte und steuerte direkt darauf zu, in der Hoffnung, daß ich vor ihm da sein würde. Ich gewann die Partie. Niemand stürzte sich auf mich, niemand schoß. Ich blieb einen Moment stehen und lauschte. Außer dem leisen Rauschen des Zuckerrohrs, durch das der Wind strich, war nichts zu hören. Ich trat ins Zuckerrohr zurück und machte mich bereit, Mister Glory zu empfangen.
Es war natürlich immer noch ein Hasardspiel. Möglicherweise marschierte er einfach querbeet zum nächsten Telefon, rief von dort aus seinen Kontaktmann an und beauftragte ihn, sich mit K in Verbindung zu setzen und Monk auszurichten, daß sich eine Verräterin eingeschlichen hatte. Wieder gewann ich; nach einer Weile kam er. Diesmal gab er sich alle Mühe, leise zu sein, denn ihm war vermutlich klar,

daß ich auf ihn lauerte. Plötzlich, ohne daß ich das geringste Geräusch gehört hatte, glitt er aus dem Zuckerrohr am Wegrand, in der Hand den blitzenden Revolver. Alle paar Meter hielt er an und lauschte. Ich hockte da und ließ ihn näher kommen. Als er in Reichweite war, holte ich lautlos mit meinem Gürtel aus und schlug zu. Der Riemen schlang sich nicht, wie ich beabsichtigt hatte, um seinen Arm, doch die schwere Schnalle traf seine Hand, und der Revolver flog zu Boden. Er wollte sich darauf stürzen, mußte sich aber ducken, um meinem zweiten Schlag auszuweichen. Er ließ den Revolver liegen und richtete sich langsam auf.

Er hatte kein Hemd an. Vielleicht hatte er es ausgezogen, weil es im Dunkeln zu leicht zu erkennen war oder weil er sich mit einem Minimum an Kleidung leichter bewegen konnte. Auch seine Schuhe hatte er abgelegt – das schien auf Hawaii eine beliebte Sitte zu sein; mir fiel die barfüßige Hulatänzerin in dem Brokatgewand ein. Seine breiten Schultern und seine Brust glänzten im Halbdunkel. Drohend, wie Keulen, schwang er die Arme hin und her – anscheinend hatte er die Absicht, mir eine Karatelektion zu erteilen. Mir war klar, daß er wesentlich stärker war als ich, und wahrscheinlich auch gewandter. Ich hatte keine Lust, es auszuprobieren. Dies war keine freundschaftliche Rangelei in einer Turnhalle. Der Mann mußte sterben, bevor er weitererzählen konnte, was er gehört hatte.

»Schlagen Sie mich nicht noch mal mit diesem Gürtel, Mann«, flüsterte er. »Haben Sie verstanden? Ich reiß Sie sonst in Stücke.«

Ich lachte. »Hanohano, nehmen Sie das Maul nicht so voll. Wenn ich Zeit genug hätte, würde ich Sie ordentlich verprügeln. Aber Sie haben Glück. Ich werd Sie bloß umbringen.«

Seine weißen Zähne blitzten im Dunkeln auf. »So, jetzt haben wir uns genug auf die Brust getrommelt. Kämpfen wir, *haole*!« Soviel ich mich entsann, war *haole* eine ebenso verächtliche Bezeichnung für einen Weißen wie *kanaka* für einen Eingeborenen.

Er duckte sich, machte eine Finte und stürzte sich auf mich. Ich sprang einen Schritt zur Seite, schlug mit dem Gürtel zu und traf knapp daneben. Er mußte sich zu Boden werfen und herumrollen, um der Gürtelschnalle zu entgehen. Sofort war er wieder auf den Beinen und kam geduckt auf mich zu. Ich wich langsam, den Gürtel vor mir hin und her schwenkend, zurück, bis ich merkte, daß er den Blick senkte und darauf starrte. Da trat ich einen Schritt vor, holte aus und versetzte ihm einen Schlag – so langsam, daß er genug Zeit hatte, den Gürtel zu packen. Er zerrte mit aller Kraft daran, und im gleichen Moment lief ich auf ihn zu, so daß er auf keinen Widerstand stieß und das Gleichgewicht verlor. Wir prallten zusammen und stürzten zu Boden, wobei ich meine andere Hand mit dem kleinen Messer hinter dem Rücken vorzog und es ihm bis ans Heft hineinstieß. Ich zog es heraus und stieß ein zweites Mal zu, höher und gezielter; dann rollte ich mich von ihm weg.

Langsam, ihn nicht aus den Augen lassend, stand ich auf – bereit, mich abermals auf ihn zu stürzen und ihm den Rest zu geben. Er kniete neben dem Jeep, die großen braunen Hände auf die Wunden gepreßt, so daß das Blut durch seine Finger quoll, und blickte mit verzerrtem Gesicht zu mir auf. Ich trat etwas näher heran, doch nicht zu nahe. Es hatte keinen Sinn, in diesem Stadium noch etwas zu riskieren.

Er befeuchtete seine Lippen mit der Zunge. »Das war ein dreckiger Trick, *haole*!«

Es war nicht der geeignete Moment für Entschuldigungen, und ich glaube, er erwartete auch gar keine. Er wollte hören, daß ein Mann ihn umgebracht hatte, kein kleiner Junge, der deshalb heulen würde.

»Ich bin ein Profi, *kanaka*«, sagte ich grob. »Ich kämpfe nicht zum Vergnügen, sondern nur im Ernst.«

Er zeigte wieder sein breites Grinsen. »Da läßt du dir aber eine Menge Spaß entgehen, Mann. Eine Menge Spaß ...«

In diesem Augenblick erschlaffte sein Gesicht, und er sackte zusammen. Ich wartete eine Weile, dann tastete ich vorsichtig nach seinem Puls, konnte ihn aber nicht finden. Er spielte mir nichts vor. Er war tot. Eigenartig, obwohl ich ihn gar nicht gekannt hatte, tat es mir leid um ihn. Ich stand auf und stieg in den Jeep. Der Zündschlüssel steckte. Ich startete den Motor, schaltete die Scheinwerfer ein und fuhr zurück zu dem Canyon, wo mein Ford parkte. Mister Glory hatte ganze Arbeit geleistet. Rog hatte eine Kugel im Kopf und war tot, und Francis lag mit zwei Kugeln in der Brust in den letzten

Zügen.
»Sie … Sie haben uns im Stich gelassen!« flüsterte er, als ich die Wagentür öffnete und mich über ihn beugte. Anscheinend konnte ich es heute abend niemandem recht machen. »Sie sind weggerannt!«
»Ihr hattet doch eure Schießeisen«, sagte ich. »Was hätte ich denn tun sollen – sitzenbleiben und mit Steinen nach ihm werfen?«
»Wo ist Hanohano?«
»Keine Angst, der kommt nicht wieder.«
»Haben … haben Sie ihn umgelegt?« Ich nickte.
Francis schwieg und holte mühsam Luft. »Noch was Wichtiges … Diese Frau … McLain.«
Zunächst wußte ich nicht, wen er meinte. Ich hatte mich schon daran gewöhnt, sie bei mir Marner zu nennen, was vermutlich auch nicht ihr richtiger Name war.
»Was ist mit Isobel McLain?«
»Wir haben nur ihr Zimmer durchsucht … damit Sie denken … Suchen Sie … suchen Sie …« Er brach ab. Ich dachte schon, er sei hinüber, doch dann flüsterte er: »Jill. Gutes Mädchen. Die letzte von uns … Retten Sie sie …«
»Wird gemacht.«
Es war ein Versprechen, das ich wahrscheinlich nur schwer würde erfüllen können, doch darauf kam es nicht mehr so genau an. Er war tot. Alle auf Maui waren tot. Alle – außer mir …

18

Zumindest hatte ich dort draußen in den Bergen diesen Eindruck. Als ich nach Lahaina kam, merkte ich, daß tatsächlich noch ein paar Leute auf der Insel am Leben waren; eigentlich sogar ziemlich viele, die Straßen wimmelten von ihnen. Am Stadtrand bog ich von der Hauptstraße ab, um den Jeep irgendwo abzustellen, denn wahrscheinlich war er bekannt, und es würde auffallen, wenn ihn ein Fremder fuhr. Immerhin war er in dieser Hinsicht noch besser als der blutbeschmierte und von Kugeln durchlöcherte Ford.
Ich ging zum Hafen und suchte mir eine Telefonzelle.

Während ich drinnen auf das Ferngespräch wartete, beobachtete ich die braungebrannten, buntgekleideten Eingeborenen und Fremden in und vor dem Hotel an der Ecke gegenüber. Normalerweise hätte ich unsere Relaisstation in Honolulu angerufen und mich durch sie verbinden lassen, doch ich hatte allen Grund zu der Annahme, daß unsere ganze Organisation auf Hawaii in Monks Händen war. Es dauerte eine Weile, bis das Mädchen in Washington sich meldete. Dann hörte ich Macs Stimme.
»Hier Eric«, sagte ich. »Klartext.«
Das bedeutete, daß wir keine Zeit mit den üblichen Verschleierungsmanövern zu verlieren hatten.
»Okay, Eric. Was gibt's?«
»Zuerst einen kurzen Überblick, Sir.«
Ich informierte ihn schnell über alles, was bis jetzt passiert war. Während ich sprach, beobachtete ich einen piratenhaft aussehenden Burschen in einer schmutzigen weißen Hose und einem gestreiften Hemd, der die Veranda des alten Hotels betreten hatte und sorgfältig darauf bedacht zu sein schien, nicht in meine Richtung zu blicken. Ihm fehlte nur noch das Holzbein und die schwarze Augenklappe.
»Das wär's, Sir«, schloß ich. »Wenn Sie wirklich das Ganze geheimhalten wollen, wie Sie neulich andeuteten, dann sollten Sie am besten noch vor Tagesanbruch einen Säuberungstrupp herschicken. Sagen Sie ihnen, sie sollen an dem Touristenwegweiser zu den Olwalu-Petroglyphen abbiegen. Falls Sie wissen wollen, was das ist – Petroglyphen sind in Fels gehauene Inschriften oder Bilder. Bei uns daheim in New Mexico gibt's auch ein paar gute.«
»Tatsächlich? Ich wollte es nicht wissen, Eric. Bitte weiter.«
»Jawohl, Sir. Es wird nicht schwierig für sie sein, den Wagen samt Inhalt an der angegebenen Stelle zu finden. Zu der anderen Leiche fahren sie etwa zweihundert Meter weiter auf der Straße nach Süden – sie liegt ungefähr dreißig Meter entfernt im Zuckerrohrfeld. Die Jeepspuren führen genau hin. Sagen Sie ihnen, sie sollen sich nach Hanohanos Revolver umsehen; ich hatte keine Zeit, ihn zu suchen. Übrigens, wieso kriegen die Leute im Pazifik eigentlich die neuen Modelle aus rostfreiem Stahl und wir diese alten Dinger, die sofort Rost ansetzen?«

»Nach Ihrem Revolververbrauch zu schließen, Eric, dürften sie bei Ihnen kaum Zeit haben, Rost anzusetzen – also kann Ihnen das wohl ziemlich egal sein. Bleiben Sie am Apparat. Ich werde gleich ein paar Leute alarmieren.«

Während ich wartete, blickte ich zu der Hotelveranda hinüber, doch der Pirat im gestreiften Hemd war verschwunden. Einige hübsche Mädchen in Muu-Muus unterhielten sich mit ein paar jungen Männern in Badehosen, die mich an Rog erinnerten, was nicht eben für sie sprach.

»Sie werden gegen Mitternacht auf Maui sein«, hörte ich Mac sagen. Offenbar hatte er irgendwo auf den Inseln noch ein paar vertrauenswürdige Leute; sonst hätte er sie nicht so schnell herbeordern können. Er bestätigte meine Vermutung, indem er fragte: »Was haben Sie vor, Eric? Brauchen Sie Hilfe?«

»Der einzige Mensch, der mir an dem Ort, wo ich hinfahre, helfen kann, ist schon dort – zumindest hoffe ich das. Ich beabsichtige, die alte Trojanische-Pferd-Strategie anzuwenden: mich in die feindliche Festung einschleusen zu lassen und auf mein Glück zu vertrauen. Wenn Jill es geschafft hat, müßte es klappen. Wenn nicht ...«

»Genau genommen sind das alles reine Spekulationen. Sie nehmen nur an, daß K auf Molokai liegt. Außerdem setzen Sie offenbar voraus, daß man Sie, wenn man Sie in der Nähe von K erwischt, nicht einfach umlegen, sondern lebendig hinbringen wird ...«

»Natürlich werde ich mich bemühen, mich nicht erwischen zu lassen und unbemerkt in das Versteck hineinzukommen. Aber ich halte es für sehr unwahrscheinlich, daß mir das gelingen wird.«

Als hätte ich gar nichts gesagt, fuhr Mac fort: »Drittens setzen Sie voraus, daß das Mädchen dort und in der Lage ist, Ihnen zu helfen.«

»Ich habe im Moment eine ziemliche Glückssträhne, Sir«, sagte ich. »Wenn Jill mir die Lage von K einigermaßen richtig angegeben hat und Monk auf mein Auftauchen so reagiert, wie ich es erwarte, kann eigentlich kaum etwas schiefgehen, Sir. Sie wissen ja, wie er mich haßt. Und an einem toten Feind kann man sich längst nicht so weiden wie an einem lebendigen.«

»Schön und gut, aber vergessen Sie nicht, daß Sie es mit einem Mann zu tun haben, der über all unsere Techniken bestens Bescheid weiß, mit einem Mann, der sogar schon einmal zusammen mit Ihnen eingesetzt war und Ihre Arbeitsweise kennt. Als sein Gefangener werden Sie ihn ohne Hilfe kaum überlisten können. Wenn das Mädchen nicht dort ist oder wenn es Sie im Stich läßt...« Er schwieg. »Wäre es nicht vielleicht besser, wenn Sie sie dort tun lassen würden, was sie kann, während Sie vorsichtig auszukundschaften versuchen, wo K liegt, und dann Verstärkung anfordern?«
»Aber wie denn? Wir können doch nicht die gesamte U.S.-Marine anheuern und durch sie die Inseln absuchen lassen. Glauben Sie, Monk hat daran nicht gedacht? Sie würden schließlich herauskriegen, wo er gewesen ist, aber sie würden ihn nie finden. Einen einzelnen Mann wird er vielleicht an sich herankommen lassen, vor allem einen, den Sie, wie er weiß, fast immer allein operieren lassen. Doch sobald er Leuchtkugeln fliegen sieht und merkt, daß eine Marineoperation im Gange ist, wird er sofort verschwinden. Außerdem – was wollen Sie der Marine sagen, Sir? Daß einer unserer Männer sich ein bißchen merkwürdig aufgeführt hat und daß wir annehmen, er plane eine große Sache, aber nicht wissen, was für eine?«
»Von der Marine haben Sie angefangen, nicht ich... Sie haben noch immer keine Ahnung, was für Pläne Monk hat?«
»Nein, Sir. Er scheint in verschiedener Hinsicht Aktivität zu entwickeln. Einerseits diese Frieden-in-Asien-Kampagne. Andererseits sind zwei Spezialisten aus Peking hier eingetroffen, die angeblich irgendwas Geheimnisvolles in ihrem Gepäck haben. Ich kann mir allerdings nicht vorstellen, was für ein technisches Projekt es sein könnte, zu dem Monk die Unterstützung von zwei Chinesen braucht. Irgendwelche Sprengstoffe wären das nächstliegende, doch davon versteht er selber eine Menge. Falls es sich allerdings um Kernwaffen handelt...«
»Dafür gibt es doch keinerlei Beweis«, unterbrach mich Mac. »Ich halte es für ziemlich ausgeschlossen, daß die Chinesen mit ihrer beschränkten Kernwaffenkapazität einem amerikanischen Agenten – selbst einem umgedrehten – derartiges

Material zur Verfügung stellen würden.«
»Ich hoffe, Sie haben recht«, sagte ich. »Jedenfalls steht fest, daß wir nicht wissen, auf welche Weise er zuschlagen wird. Wir wissen lediglich, daß er es bald tun wird. Das geht allein schon daraus hervor, daß er das Haus in Honolulu zugesperrt und einen toten Mann auf dem Fußboden zurückgelassen hat, obwohl ihm doch bestimmt klar ist, daß eine Leiche nicht lange herumliegen kann, ohne entdeckt zu werden. Übrigens, Ihre Leute sollten sich, wenn möglich, auch darum kümmern.«
»Ich hab's ihnen gesagt.«
»Wir müssen also annehmen«, fuhr ich fort, »daß Monk etwa innerhalb der nächsten achtundvierzig Stunden handeln wird. Sind Sie noch offiziell mit ihm in Verbindung?«
»Die Routineberichte aus dem Pazifik gehen regelmäßig ein.«
»Das hab ich mir gedacht. Er wird sich hüten, die Durchgabe einzustellen und Sie dadurch zu alarmieren. Aber ich wette, Sie können ihn persönlich nicht erreichen.«
»Das hab ich bis jetzt nicht versucht. Ich hielt es für das beste, ihn in Ruhe zu lassen.« Er zögerte. »Finden Sie nicht, Eric, daß Sie allzu fest auf das Mädchen rechnen?«
»Nein, Sir, im Gegenteil. Ich fürchte, ich kann mich kaum auf sie verlassen. Das ist ja der Haken.«
»Wie meinen Sie das?«
»Mein Gott, ich hab nicht mehr Lust, mich in die Nesseln zu setzen, als jeder andere. Wenn ich genau wüßte, daß sie in K ist, und wenn ich überzeugt wäre, daß sie allein mit der Sache fertig wird, würde ich ihr das Ganze überlassen. Die Aussicht, Monk in die Hände zu fallen, ist wirklich nicht sehr angenehm, Sir. Doch leider ist die gute Jill alles andere als zuverlässig. Ich wette, sie würde ohne mich nichts unternehmen. Sie ist ein nettes Mädchen, und sie hat die besten Absichten, aber besonders mutig scheint sie nicht zu sein. Sie wissen ja, welche Bedingungen sie Ihnen gestellt und wieviel Mühe es mich gekostet hat, sie zur Zusammenarbeit zu bewegen. Sie ist nichts weiter als ein Collegegirl, das Geheimagentin spielt. Wenn niemand da ist, an den sie sich anklammern kann, wird sie garantiert nichts tun.«
Am andern Ende der Leitung herrschte Schweigen. Ich

konnte mir vorstellen, wie Mac die Stirn runzelte. Schließlich sagte er: »Das verringert also Ihre Chancen noch mehr.«
»Es kommt noch etwas hinzu, das ich bisher nicht erwähnte.«
»Was?«
»Ich habe ihr versprochen, wenn irgend möglich, zu kommen.«
Er gab einen Laut von sich, der wie ein Knurren klang. Offenbar hielt er die Versprechen, die ich Jill gegeben hatte, für ebenso belanglos, wie seine eigenen. »Das wäre alles, Sir. Ich werde Monk von Ihnen grüßen, Sir, falls ich ihn sehe. Ende.«
Als ich die Zelle verließ, stand der Pirat vor der Hotelbar. Er ignorierte mich völlig, als ich hineinging und mir vom Kellner einen jungen Mann empfehlen ließ, der gegen entsprechende Bezahlung bereit war, mit einer Dame und einem Herrn eine romantische mitternächtliche Bootsfahrt zu machen. Nachdem ich alles geregelt hatte, kehrte ich zum Jeep zurück. Der Bursche mit dem gestreiften Hemd folgte mir unauffällig, blieb aber stehen, als ich einstieg und wegfuhr. Offenbar endete seine Zuständigkeit an der Stadtgrenze von Lahaina, und er brauchte jetzt nur noch Pressman anzurufen und ihm zu melden, daß ich meine Besorgungen erledigt hatte und auf der Rückfahrt war.
Als ich vor dem Hotel hielt, schaute ich auf die Uhr und war überrascht, wie früh es noch war. Menschen waren gestorben und Pläne entwickelt worden, von denen möglicherweise das Geschick ganzer Nationen abhing, doch es war erst kurz nach neun. Ich sah nach, ob ich Schmutz oder Blutflekken an mir hatte, die drinnen irgendwie auffallen konnten. Ich überzeugte mich, ob der Gürtel an meiner Hose durch sämtliche Schlaufen gezogen war. Ich holte meinen Revolver hervor. Ich hatte ihn Rog wieder abgenommen, der kein einziges Mal damit geschossen hatte, was ihm allerdings auch kaum genützt hätte. Ich hatte überlegt, ob ich auch Francis' Revolver mitnehmen sollte, fand dann aber, daß ich mit einer Waffe, die entsprechend präpariert werden konnte, besser dran war. Schließlich mußte ich mich ja noch mit der Dame befassen, deretwegen ich die ganze Prozedur veran-

staltet hatte – doch zuerst war noch einiges andere zu erledigen. Ich lud den Revolver mit scharfer Munition und ging hinein.

19

Sie machten es mir sehr leicht. Isobel wartete entsprechend meiner Anweisung auf der Cocktailterrasse. Pressman überblickte wie vorhin die Lage von der höhergelegenen Seitenterrasse aus. Irgendwelche Vorsichtsmaßnahmen schien er nicht getroffen zu haben, doch sie hatten ja auch keinerlei Veranlassung dazu. Sie glaubten genau zu wissen, was ich vorhatte, denn ich hatte sie ja in meine Pläne eingeweiht und mich bis jetzt auch exakt daran gehalten. Sie hatte ihm bestimmt mitgeteilt, daß ich ihm ein harmloses Schlafmittel verabreichen wollte, und vermutlich hatte er die Absicht, dabei mitzuspielen. Inzwischen würde natürlich sein Mann in Lahaina mit dem gestreiften Piratenhemd bereitstehen, um uns in Empfang zu nehmen, sobald wir dort im Hafen auftauchten ...

Pressman tat mir fast leid. Er war sicherlich ein fähiger Mann, genau wie Hanohano; die beiden hatten sich bloß nicht sorgfältig genug über mich informiert. Sie hatten erwartet, daß ich mich an bestimmte Regeln halten würde – bei einem Spiel, das keine Regeln hatte. Monk hätte diesen Fehler nicht begangen, doch Monk war nicht da, um sie zu warnen.

Ich beobachtete sie eine Weile. Ich hatte es nicht eilig. Auf der Seitenterrasse war außer dem Tisch, an dem Pressman saß, nur noch einer besetzt. Plötzlich stand das junge Paar auf und ging. Meine Glückssträhne war anscheinend noch nicht zu Ende. Pressman drehte sich nicht einmal um, als ich durch die offene Tür trat. Sein Mann in Lahaina hatte ihn natürlich verständigt, daß ich unterwegs war, aber, wie gesagt, er wußte ja ganz genau, was ich vorhatte.

Er erwartete, daß ich unten auf der anderen Terrasse auftauchen würde, wo an einem Tisch eine schlanke Dame in einem Cocktailkleid saß und sich gerade nervös eine Zigarette anzündete. Ich sagte: »Hier bin ich, Pressman.«

Er wandte rasch den Kopf und wollte aufstehen, doch dann

sank er in seinen Sessel zurück. Er saß regungslos da und starrte auf den Revolver, den ich an meiner Hüfte hielt.
»Eric«, sagte er leise. »Was wollen Sie?«
»Ihr kleiner Eingeborener war gut. Aber doch nicht gut genug. Möchten Sie's nicht selber mal versuchen?«
Er war ein Profi; er grinste nur über meine Herausforderung.
»Nein, wirklich nicht. Ehrlich gesagt, ich habe Angst. Sie müssen wissen, ich hab einen Heidenrespekt vor Kanonen. Sehen Sie, wie ich zittere? Also was machen wir denn jetzt?«
»Wir stehen schön langsam auf. Wir gehen ins Hotel, auf unser Zimmer – Ihr Zimmer. Und wir lassen unsere Hände schön sichtbar herunterhängen, denn wir wissen, sowie eine verschwindet, sind wir tot.«
Er fixierte mich einen Moment nachdenklich, als wolle er von meiner Miene ablesen, ob ich mein Programm auch in anderen Punkten geändert hatte. Dann zuckte er resigniert die schmalen Schultern und stand auf. Der Weg zu dem Zimmer kam mir endlos vor, und ihm vermutlich auch. Vor der Tür blieb er stehen und sah mich fragend an. Ich nickte. Er griff in die Tasche, zog einen Schlüssel hervor und sperrte auf. Ich drückte ihm den Revolver zwischen die Rippen, langte um die Ecke und knipste das Licht an. Nichts geschah. Ich ließ ihn vorausgehen und machte die Tür zu.
»Aufs Bett«, sagte ich. »Mit dem Gesicht nach unten, wenn ich bitten darf.«
Er zögerte. Wahrscheinlich hätte er sich gar zu gern erst noch einmal umgedreht und mir ins Gesicht gesehen, bevor er sich mir völlig auslieferte. Dann zuckte er wieder die Achseln, trat zum Bett und legte sich drauf. Ich beugte mich über ihn, drückte sein Gesicht auf das Kissen, stach ihm die Nadel in den Nacken, wo die Haare die kleine Wunde verdecken würden, und preßte den Kolben hinein. Jetzt erst wurde ihm klar, daß ich ihm kein harmloses Schlafmittel verabreichte, und er unternahm einen verspäteten Versuch, sich zu wehren, doch ich hielt ihn fest. Es dauerte nur ein paar Sekunden. Ich zog die Spritze heraus und tat sie wieder in das Etui. Dann ging ich ins Badezimmer, holte etwas Toilettenpapier und wischte den winzigen Blutstropfen an seinem Nacken weg, der die Aufmerksamkeit auf den Einstich hätte lenken können. Das Zeug selbst ist praktisch nicht nachzuweisen,

und die Symptome sind die eines normalen Herzinfarkts; zumindest hatten mir das die Knaben, die es für uns zusammenbrauen, versichert. Ich ging wieder ins Bad und spülte das Papier ins Klo, wobei ich den Griff mit meinem Taschentuch umwickelte.
Als ich ins Zimmer zurückkam, blieb ich neben dem Bett stehen und betrachtete ihn. Sicher, es war eine lausige, widerliche Angelegenheit, doch ich hatte keine andere Wahl. Das harmlose Schlafmittel, das wir bei uns haben, wirkt bestenfalls zwei Stunden, und Francis war sogar noch früher wieder zu sich gekommen. Ich aber brauchte mehr als zwei Stunden ...
Ich nahm meinen Revolver, den ich beiseite gelegt hatte, schüttelte die scharfen Patronen, mit denen ich ihn für Pressman geladen hatte, heraus und ersetzte sie wieder durch die präparierten. Es ist ein kleiner Unterschied, ob man es mit einem kräftigen, möglicherweise bewaffneten Mann oder mit einer schwachen, vermutlich nicht bewaffneten Frau zu tun hat; ich brauchte keine geladene Kanone, um mit ihr fertig zu werden, und andererseits wollte ich sie dazu bringen, sich mit dem Ding eindeutig zu verraten. Ich machte mich auf den Weg zu Isobel.
Sie bestellte gerade beim Kellner einen weiteren Drink, als ich auf der Terrasse auftauchte. »Höchste Zeit, daß du endlich kommst«, fuhr sie mich an, als ich mich neben sie setzte. Mir fiel ein, daß ich ihr gesagt hatte, sie solle mit mir zu streiten anfangen. In äußerst überzeugendem Ton fuhr sie fort: »Ist dir eigentlich klar, wie lange ich auf dich gewartet habe? Wenn du glaubst, ich bin mit dir von Honolulu hierhergefahren, um ...«
»Pressman ist tot, Herzogin«, sagte ich leise.
Trotz der dunklen Brille sah ich genau, wie sie die Augen aufriß. Und auch der verräterische Blick, den sie auf die andere Terrasse warf, entging mir nicht. Sie fuhr sich mit der Zunge über die Lippen. Als sie sprach, war die gespielte Wut aus ihrer Stimme verschwunden.
»Ich ... ich habe keine Ahnung, was du meinst, Matt. Wer ist tot?«
»Komm, laß das«, sagte ich. »Spar dir das Theater. Er ist tot. Ich habe ihn eben umgebracht. Machen wir einen kleinen

Spaziergang zum Strand hinunter, dann erzähl ich dir das Ganze.« Sie rührte sich nicht, bis ich aufstand und eine ungeduldige Geste machte. Ich stützte sie, als sie sich ein wenig schwankend erhob, und gab ihr ihre weiße Handtasche. »Nimm dich zusammen! Du scheinst ja ganz schön einen sitzen zu haben.«
Sie riß ihren Arm los und warf mir einen halb ängstlichen, halb wütenden Blick zu. Einigermaßen sicher ging sie vor mir über die Terrasse. Ich folgte ihr auf dem dunklen Weg und nahm unten am Strand wieder ihren Arm, da sie mit ihren hohen Absätzen im Sand schlecht vorwärtskam. Diesmal zog sie ihn nicht weg. Ich hörte, wie sie leise auflachte.
»Was findest du denn so komisch?« fragte ich.
»Diese Reisebüroprospekte, mit all ihren Sprüchen über den Zauber der Tropen. Auf dem Umschlag ist immer ein Mann im Smoking mit einer Frau im Abendkleid, die einen nächtlichen Strand entlangschlendern. Ich kann's nicht besonders zauberhaft finden, mit Sand in den Schuhen herumzulaufen. Oder in Strümpfen, die Schuhe in der Hand.«
Ich schwieg.
Sie sah mich mißtrauisch an. Nach einer Weile fragte sie: »Wirst du mich auch umbringen, Matt?«
»Kommt drauf an«, sagte ich. »Eben darüber wollte ich mit dir reden. Wenn du willst, setz dich auf das Boot dort.«
Sie fuhr mit der Hand über das Deck, um festzustellen, ob es sauber war, und dann ließen wir uns nebeneinander nieder. Umständlich leerte sie den Sand aus ihren Schuhen aus. Es war nicht besonders windig hier unten am Strand, nur hin und wieder spürte man einen leisen Luftzug. Die sechs kleinen Segelboote lagen ordentlich in einer Reihe und hoben sich dunkel von dem weißen Sand ab. Oben sah man die Lichter des Hotels und die beleuchtete Terrasse, auf der wir eben noch gesessen hatten. Es schien eine andere Welt zu sein. Ich hörte, wie Isobel wieder leise auflachte.
»Ich glaube nicht, daß du mich wirklich umbringen willst, Darling«, sagte sie. »Ich glaube auch nicht, daß du Mr. Pressman umgebracht hast. Das war doch nur ein Witz, nicht?«
»Natürlich. Ich hab eine Vorliebe für solche Witze. Ich finde Morde urkomisch. Du würdest dich halb totlachen, wenn du

ihn sehen würdest, wie er auf seinem Bett liegt, mit leerem Gesicht und einem Injektionsstich im Nacken. Er hat gedacht, ich will ihn bloß ein bißchen einschläfern. Ist das nicht zum Schreien? Hast du eine Ahnung, wie er wohl auf diese lustige Idee gekommen ist?«
Sie fuhr sich mit der Zunge über die Lippen. »Matt, ich...«
Ich unterbrach sie. »Du wärst vor Lachen geplatzt, wenn du gesehen hättest, wie ihm klar wurde, daß es aus mit ihm ist. Wirklich das Komischste, was ich erlebt hab, seit Onkel Hektor unter den Mähdrescher geriet und in Stücke zerhackt wurde.«
»Matt, bitte...«
»Aber ich weiß noch mehr gute makabre Witze. Kennst du den über Hanohano? Falls dir der Name nichts sagt – das ist der junge Eingeborene, der uns vom Flugplatz nachgefahren ist. Er liegt mit zwei Messerstichen in der Brust in einem Zuckerrohrfeld. Unsagbar komisch! Schade, daß du das nicht gesehen hast, du hättest dich vor Lachen gebogen.« Ich seufzte. »Andererseits tut mir das mit Hanohano irgendwie leid. Weißt du, daß der Staat Hawaii eine Bevölkerung von fast einer dreiviertel Million hat und daß darunter nur etwa zehntausend Eingeborene sind? Sie sind praktisch fast ausgestorben. Ich komme mir vor, als ob ich einen von diesen letzten Trompeterschwänen umgebracht hätte. Aber da ist noch was wahnsinnig Komisches. Als ich nach Lahaina fuhr, nachdem ich den Hawaiianer erledigt hatte, lungerte am Hafen ein Mann herum, der sich lebhaft für mich zu interessieren schien. Ich hatte das feste Gefühl, er wußte, daß ich auftauchen würde. Was meinst du wohl, woher er das wußte? Ich hatte doch keinem Menschen gesagt, wohin ich wollte. Niemandem außer dir.«
Verzweifelt sagte sie: »Matt, du weißt ja nicht...«
»Du hast mich verpfiffen, Isobel. Oder hast du Monk schon die ganze Zeit über mich Bericht erstattet? Eins steht jedenfalls fest: Du hast heute abend mit mir geschlafen, mich danach bei einem kleinen Drink zum Reden gebracht und schließlich an die Gegenseite verraten. Ich weiß nicht genau, was für eine Rolle du spielst und wer du wirklich bist und wieviel du von diesem Geschäft verstehst, aber so naiv, die Konsequenzen nicht zu kennen, bist du keinesfalls.«

»Laß mich doch bitte erklären...«
»Da gibt's nichts zu erklären. Ich habe heute abend zwei Männer umgebracht, zwei Männer, die mir nichts getan haben – die mir nur im Weg waren. Irgendwie habe ich deshalb ein schlechtes Gewissen. Ich hätte aber nicht die mindesten Skrupel, dich umzubringen. Echte Hawaiianer gibt's nur noch wenige, aber von falschen, hinterhältigen Huren wimmelt's auf dieser Welt. Auf eine mehr oder weniger kommt's nicht an.« Nach kurzem Schweigen fuhr ich nachdenklich fort: »Andererseits könntest du mir eventuell nützlich sein. Nicht nennenswert, aber immerhin genug, daß ich das Risiko auf mich nehmen würde, dich für eine Weile am Leben zu lassen – vorausgesetzt, du hältst die Klappe, machst mir keinerlei Schwierigkeiten und tust haargenau, was ich dir sage. Was meinst du dazu?«
»Was hast du vor, Matt? Was soll ich tun?«
»Das werd ich dir schon rechtzeitig sagen.«
Einen Moment herrschte Schweigen. Isobel holte tief Luft. »Mir bleibt wohl nichts anderes übrig, oder? Gut, ich tu, was du willst, Matt.«
Ich sah sie kurz an, dann stand ich auf. »Okay. Abgemacht. Jetzt nimm du diese Seite, und ich nehm die andere. Wir müssen es ins Wasser schieben.«
Sie starrte mich verständnislos an. »Was?«
»Blöde Frage. Das Boot natürlich. Dachtest du im Ernst, ich würde nach Lahaina zurückfahren, wo mich garantiert die Leute erwarten, die du mir auf den Hals gehetzt hast? Los, ins Wasser damit. Auf nach Molokai.«
Sie sprang auf. »Aber... aber das ist doch Wahnsinn! Das ist doch eine riesige Strecke! Das können wir mit dem kleinen Boot nie schaffen!«
»Verdammt noch mal, die Polynesier sind seinerzeit in einem ausgehöhlten Baumstamm aus dem Südpazifik hierhergekommen, um die Inseln zu kolonisieren. Wenn ich es nicht fertigbrächte, mit einem modernen, unsinkbaren Fiberglasboot bei klarem Sommerwetter lausige sechzehn Kilometer weit zu segeln, müßte ich mich ja vor meinen Wikingerahnen schämen.«
Da geschah etwas Merkwürdiges. Sie blickte einen Moment aufs Meer hinaus und dann auf das winzige Segelboot vor

uns. Es war nicht viel größer als ein Brett zum Wellenreiten, ausgestattet mit einem Mast, einem Ruder und einem winzigen Cockpit, in das man die Füße stecken konnte, wenn man ein paar Zentimeter über dem Wasser auf dem Deck saß. Ich sah im Halbdunkel, wie sich ihr Mund zu einem leisen Lächeln verzog. Plötzlich warf sie den Kopf zurück und lachte.

»Du bist ja übergeschnappt, Darling! Du bist ja total übergeschnappt!« Dies bedurfte keines Kommentars von mir, und so sagte ich nichts. Sie sagte leise: »Umziehen kann ich mich wohl nicht mehr?«

Auch das erforderte keine Antwort. Ich dachte nicht daran, zu riskieren, daß sie jemand traf, wenn sie auf ihr Zimmer ging, ganz abgesehen davon, daß sie bestimmt versuchen würde, irgendwelche Dummheiten zu machen. Ich hatte keinerlei Anlaß, auf sie oder ihre Garderobe besondere Rücksicht zu nehmen, und außerdem: Was spielte es denn schon für eine Rolle, wie man bei diesem Klima angezogen war? Wir hatten ja nicht die Absicht, mitten im Winter die Nordsee zu überqueren.

Isobel zögerte und blickte nachdenklich an sich herunter, als frage sie sich, wie sie wohl in ein paar Stunden aussehen würde. Dann warf sie plötzlich ihre Handtasche ins Boot, bückte sich und zog ihr Kleid über die Hüften hoch. Bei der heutigen Mode war das nicht sehr weit. Danach streifte sie rasch ihre Schuhe und Strümpfe ab und sah mich lächelnd an, als wolle sie sagen: Ich werd's dir schon zeigen. Ich hatte das unbehagliche Gefühl, irgendwie von ihr besiegt worden zu sein, doch war mir nicht recht klar, auf welche Weise.

»Aye, aye, Käpt'n«, sagte sie. »Fertig zum Auslaufen.«

»Wirf die Sachen ins Boot, und dann los.«

Gemeinsam zerrten wir das Boot ins Wasser. Ich sah, wie Isobel zusammenzuckte, als die erste Welle, die uns traf, ihr Kleid durchtränkte; danach kümmerte sie sich nicht mehr darum, als ob sie einen Bikini trug. Wir stellten das Ruder ein, zogen das Segel hoch und kletterten ins Boot. Langsam glitten wir aufs Meer hinaus.

Mit größter Wahrscheinlichkeit würden Monks Leute nicht bemerken, daß von den sechs kleinen Booten eins fehlte. An so eine Nußschale dachten sie bestimmt nicht. Wie ich

hoffte, würden sie Monk lediglich melden, daß Pressman tot war und daß Isobel und ich während der Nacht auf rätselhafte Weise verschwunden waren.
Isobel schüttelte sich neben mir auf dem Deck. »Wenn es etwas Scheußlicheres gibt als einen nassen Badeanzug, dann einen nassen Strumpfhalter«, sagte sie. »Matt?«
»Ja?«
»Ich hasse dich noch immer. Aus tiefstem Herzen. Ich habe bloß zufällig eine Schwäche für verrückte Männer und verrückte Pläne. Verstehst du?«
Ich grinste. »Völlig. Ich habe nicht die Absicht, deine Schwäche auszunützen, aber garantieren kann ich für nichts.«

20

Ich bin kein erfahrener Seemann, und deshalb kann ich über die technischen Details unserer Fahrt nicht viel sagen. Das Hauptproblem machten mir die Karten und mein Taschenkompaß jedoch deutlich genug. Molokai, wohin wir segeln wollten, lag im Norden, doch der Passat, der von Nordwesten wehte, schien uns nicht dorthin lassen zu wollen. Diese Meinungsverschiedenheit stürzte mich in tiefe Ratlosigkeit, vor allem, als wir an der Spitze von Maui vorbei waren und die Berge dieser Insel uns nicht mehr schützten.
Ich rechnete damit, daß es ziemlich drunter und drüber gehen würde, und traf entsprechende Vorbereitungen. Ich legte Isobels Schuhe, Handtasche und Brille, sowie meine Schuhe und meinen Revolver auf einen Haufen und rollte alles in meine Jacke. Ich schnürte das Ganze mit meiner Krawatte zusammen und knüpfte das Bündel mit ihren Strümpfen an den Mast, was den Grad meiner Beliebtheit noch mehr verringerte. Ich glaube, keine Frau sieht es gern, wenn man Knoten in ihre Nylons macht. Aber wenigstens konnte jetzt nichts mehr vom Wind weggeblasen oder über Bord gespült werden.
Ich wußte, daß es theoretisch möglich war, ein Segelboot fünfundvierzig Grad oder vier Kompaßstriche am Wind zu halten. Mit anderen Worten, bei Nordwestwind bestand die theoretische Möglichkeit, nach Norden zu steuern. Ich hatte

mal in Washington einen Segelkursus mitgemacht, und mit einem normal großen Segelboot auf dem ruhigen Wasser der Chesapeake Bay, bei hellichtem Tag war das eine relativ einfache Sache gewesen. Mit einer Fiberglasschindel im Pailolo Channel bei Nacht im Passatwind und bei masthohen Wellen war es wesentlich komplizierter. Na ja, vielleicht waren sie nicht gerade masthoch, obwohl unser Mast kaum der Rede wert war, aber nachdem wir eine Stunde lang herumgeschaukelt waren und schließlich kenterten, befielen mich starke Zweifel an der Durchführbarkeit dieser Reise. Als es uns endlich gelungen war, das kieloben treibende Boot umzudrehen und wieder hineinzuklettern, sagte Isobel lachend: »Darling, du bist zweifellos der schlechteste Segler der Welt. Laß mich mal ran.«

Ich rückte beiseite, und zu meinem fassungslosen Staunen gelang es ihr, das Boot in den Wind zu bekommen. Nach vierstündiger Schaukelei tauchte tatsächlich Molokai vor uns auf. Es war noch immer finster, doch im Schein des Sternenhimmels sah man die weißen Streifen der Brandung und die hochaufragenden dunklen Berge. Wir brauchten ziemlich lange, um gegen den Wind das Ende der Insel zu umsegeln. Inzwischen wurde der Himmel hinter uns hell, und links von uns sahen wir die verlassene Nordküste.

Wir steuerten auf die erste Bucht zu, die wir erblickten, doch dann entdeckten wir auf dem Sandstrand einen Kombiwagen, der vermutlich Fischern gehörte, und dahinter eine Straße, die sich bergauf schlängelte. Mir fiel ein, daß Jill mir von der Straße erzählt hatte, die um das Ende der Insel herumführte und dann endete; anscheinend waren wir zu früh auf die Insel zugesteuert. Wir fuhren wieder aufs Meer hinaus, eine Weile an der Insel entlang und dann in eine tiefe Bucht zwischen hohen schwarzen Klippen. An ihrem Ende war ein schöner weißer Strand und dahinter ein üppiger Dschungel, durch den sich ein kleiner Fluß wand. Von den Bergen, die die Bucht einschlossen, stürzte ein in den ersten Strahlen der Morgensonne glitzernder Wasserfall herab. Wir stiegen ins Wasser und zogen das Boot an Land. Dann sahen wir uns an. Es gab noch eine Menge ungeklärter Fragen zwischen uns, doch eins stand fest: Wir hatten den Pazifischen Ozean überlistet, zumindest einen kleinen Teil davon,

und das verband uns irgendwie.
Isobel strich sich ihr nasses Haar aus der Stirn. »Wir haben es geschafft«, sagte sie mit seltsam sanfter Stimme. »Du mit deinen Wikingerahnen! Wenn du mit auf Leif Ericsons Schiff gewesen wärst, dann hätte er Vinland bestimmt nicht entdeckt, sondern wäre ertrunken.«
Ich grinste. »Komisch, daß die eingebildetsten Leute der Welt immer die sind, die es fertigbringen, ein Leintuch von einem Segel zu unterscheiden.«
Was wir sprachen, hatte natürlich nicht das geringste mit dem zu tun, was wir dachten; und was wir dachten – oder was zumindest ich dachte –, hatte nur sehr wenig mit Gefahr und Pflicht und der Sache zu tun, deretwegen ich eigentlich hierhergekommen war. Sollte Monk der Teufel holen. Wenn er was von mir wollte, sollte er doch kommen und mir die Mühe ersparen, ihn zu suchen.
Inzwischen gab es Erfreulicheres zu tun. So müde und zerschlagen wir nach der langen, strapaziösen Fahrt waren, hatten wir doch beide keinen Zweifel, wozu dieser Garten Eden geschaffen war.
Reichlich banal, wie ein Filmheld zu einer durchnäßten Filmheldin, sagte ich: »Du solltest lieber die nassen Sachen ausziehen.«
Sie lächelte. »Wozu?« sagte sie leise. »Mir ist nicht kalt. Wenn die Sonne ein bißchen höher gestiegen ist, werde ich in ein paar Minuten trocken sein.« Das Lächeln erfaßte ihre Augen. »Wenn du willst, daß ich mich ausziehe, dann mußt du dir einen besseren Grund ausdenken.«
Was ich unverzüglich tat.

21

Es war natürlich überaus leichtsinnig und für einen Berufsagenten überaus stümperhaft, und es wäre mir ganz recht geschehen, wenn man uns überrascht hätte, wie wir am hellichten Tag an einem offenen Strand Adam und Eva spielten, doch es passierte nichts. Danach tat ich, was ich gleich als erstes hätte tun sollen: ich zog das Boot ein Stück den Fluß hinauf, versteckte es und sah mich nach Spuren

menschlichen Lebens um.
Mir wurde bewußt, wie lächerlich und schuljungenhaft ich mich benommen hatte, doch ich spürte weder Scham noch Bedauern. Schließlich war ja nichts passiert. Und außerdem gehörte es mehr oder weniger zu meinem Plan, mich erwischen zu lassen, wenn auch nicht gerade hier und möglichst nicht ohne Hose.
Es gab keinerlei Anzeichen dafür, daß seit Erfindung der Bierflasche und der Konservendose irgendein menschliches Wesen den Platz betreten hatte. Das Tal war zu klein für einen Stützpunkt. Vermutlich lag K weiter die Küste hinunter, vielleicht gleich hinter der Klippe im Westen, vielleicht aber auch kilometerweit weg.
Alles, was ich fand, waren ein paar geschwätzige Hirtenstare, eine Menge prächtige Blumen und ein kleiner Teich, in dem einige Fische schwammen und mich daran erinnerten, daß ich Hunger hatte. Leider ist die Jagd mein Lieblingssport und Angler bin ich kein besonders guter. Während ich dastand und überlegte, was ich tun sollte, hörte ich plötzlich Isobels Stimme. »Matt? Matt, wo bist du?«
»Hier«, rief ich. »Ein Stück den Fluß hinauf.«
Sie tauchte am anderen Ufer auf, in der Hand ein paar Sachen, die zum größten Teil mir zu gehören schienen – ich hatte zu meinem Erkundungsgang nur meine Schuhe und meine Hose angezogen.
»Verdammt nochmal, wie kannst du denn einfach so weglaufen«, sagte sie atemlos. »Ich hab's allmählich mit der Angst bekommen. Es ist herrlich hier, aber so ganz allein möchte ich doch lieber nicht sein. Das sind deine Sachen; sie sind fast trocken.« Sie legte das Bündel auf einen Felsvorsprung und blickte auf das klare Wasser. »Ob man das trinken kann?«
Ich zuckte die Achseln. »Ich hab schon ein paar Schluck probiert. Bis jetzt bin ich noch am Leben.«
Sie kniete sich auf den Felsvorsprung, beugte sich vor und trank. Dann richtete sie sich auf und wischte mit irgendwie trotziger Miene die Hände an ihrem Kleid ab, als wollte sie mir zu verstehen geben, daß sie jetzt ein Naturkind sei und nicht mehr die verwöhnte, elegante Dame von gestern. Ich fand den Umstand, daß sie offensichtlich nicht mehr trug als

ihr zerdrücktes, schmutziges Kleid, ihre Schuhe und ihre Brille, einigermaßen verwirrend. Anscheinend hatte sie ihre übrigen Sachen irgendwo zum Trocknen aufgehängt.
Wortlos watete ich durchs Wasser und setzte mich neben sie auf den Felsen. Wir saßen eine Weile schweigend da. Plötzlich streifte sie ihre immer noch nassen Schuhe ab, seufzte erleichtert und tauchte ihre Füße ins Wasser. Es gibt Teile der weiblichen Anatomie, die mich mehr faszinieren als Füße, aber sie sah so süß aus, wie sie kleinmädchenhaft mit den Füßen im Wasser plätscherte, daß mich zu meiner Bestürzung plötzlich wieder zärtliche Gefühle übermannten. Ich räusperte mich und wollte irgend etwas Sachliches sagen, um die traumhafte Atmosphäre zu zerstören, doch sie kam mir zuvor.
»Ich muß dir etwas gestehen, Matt, aber lach bitte nicht«, flüsterte sie leise. »Weißt du, daß ich schrecklich glücklich bin? Mir ist natürlich klar, daß das nicht lange anhalten wird, aber im Moment bin ich einfach unverschämt glücklich. Ich brauch mich nicht darum zu kümmern, ob meine Strümpfe gerade sitzen oder ob mein Bankkonto überzogen ist. Ich brauch mir nicht den Kopf zu zerbrechen, was wir tun werden, wenn mein Mann unser ganzes Geld auf Rot setzt und es kommt Schwarz. Aber du darfst natürlich nicht etwa glauben, daß ich dich liebe, Darling – das ist dir doch klar, oder?«
»Natürlich«, sagte ich. »Völlig.«
»Ich finde dich auf deine Weise sehr nett – rücksichtslos und kaltblütig, aber doch nett. Hast du tatsächlich gestern abend diese Männer umgebracht? Nein, sag's mir nicht, ich will's lieber nicht wissen. Aber, daß ich dich nett finde, heißt nicht, daß ich dich gern heiraten und den Rest meines Lebens damit verbringen möchte, deine Socken zu stopfen und dir dein Schulterhalfter festzuschnallen.«
»Ich hab dir doch gesagt, daß ich keins trage«, sagte ich. »Halfter, meine ich.«
Sie klopfte mir lächelnd auf den Arm. »Du bist doch nicht etwa beleidigt, Matt? Genügt es denn nicht, daß ich ein paar Minuten an diesem verrückten Ort glücklich bin? Muß ich so tun, als ob ich mich vor Leidenschaft nach dir verzehre?« Sie lachte ein bißchen verlegen und sprach dann in normalem

Ton weiter: »Wenn mir jemand gesagt hätte, daß ich eines Tages in einem zerdrückten Kleid mit verklebtem Haar und ohne Unterwäsche im Dschungel auf einem Felsen sitzen und so sentimentales Zeug reden werde...« Sie brach ab und holte tief Luft. »Solltest du dir nicht lieber mal deine Kanone ansehen?«
»Was?«
Ich hatte das Ding völlig vergessen. Geladene Revolver vergesse ich im allgemeinen nicht, doch anscheinend weigerte sich mein Unterbewußtsein, sich mit einem zu beschäftigen, der unbrauchbar war.
»Ihren Revolver, Herr Geheimagent«, sagte Isobel. »Er steckt in der Jackentasche und ist ganz naß.« Sie nahm die Jacke, zog den Revolver heraus und sah ihn neugierig an. »Wie macht man das Ding eigentlich auf?«
»Man schiebt den Riegel an der Seite vor und kippt die Trommel heraus... So.« Ich zeigte es ihr.
»Da sind ja bloß fünf Patronen drin. Ich dachte, alle Revolver haben sechs Schuß. Ob er noch schießt, wenn er so naß ist?«
»Sicher.« Die Lüge war mir ein wenig unangenehm, und ich sprach hastig weiter. »Moderne Munition ist gegen Wasser und Öl ziemlich unempfindlich.«
Sie klappte die Trommel zurück. »Wie schießt man damit?«
»Man steckt sich Watte in beide Ohren; dann nimmt man ihn in die rechte Hand, wenn man Rechtshänder ist – stützt sie mit der linken und zieht langsam am Abzug, bis es kracht. Das tut man fünfmal. Dann schmeißt man das Ding weg, schnappt sich einen Baseballschläger und haut den Kerl so lange damit auf den Kopf, bis er tot ist.«
Sie lachte. »Du scheinst ja zu deinem Werkzeug nicht viel Vertrauen zu haben.« Sie wischte mit einem Zipfel ihres Kleides die Waffe trocken. »Wie weit kann man damit schießen?«
»Wenn man ein paar Jahre Erfahrung hat, kann man einen Mann auf fünfzig Meter treffen, sofern er sich nicht bewegt. Du müßtest wahrscheinlich schon sehr viel Glück haben, um auf drei Meter zu treffen.« Es machte mich nervös, wie sie mit der Kanone herumspielte, und ich sagte: »Wieso interessierst du dich so für Revolver?«
»Ich weiß nicht.« Ihre Stimme klang jetzt kühl. »Wieso

interessierst du dich so für weibliche Busen? Diese Dinger machen mich so merkwürdig kribbelig. Ich wollte schon immer gerne wissen, wie man damit umgeht, aber jeder, den ich danach gefragt hab, dachte, ich mache bloß einen Witz oder ich will meinen Mann ermorden. Vielleicht ist das eine Art Tick von mir oder so was. Ein Revolver ist doch ganz eindeutig ein phallisches Symbol, nicht?«
Ich grinste. »Du bist vielleicht eine Nummer. Steck das phallische Symbol lieber weg, bevor es losgeht.«
Sie legte ihn auf meine Jacke. Leise und ohne zu lächeln, sagte sie: »So, jetzt weißt du's, oder?«
»Was?«
»Du warst dir nicht ganz sicher, ob ich nicht damit auf dich schießen würde. Stimmt's?«
»Jeder Mann mit einiger Erfahrung hat Angst vor einer Kanone, wenn jemand, der nichts davon versteht, damit herumspielt. Aber meinetwegen – legen wir die Karten auf den Tisch. Soll ich vielleicht unbegrenztes Vertrauen zu dir haben, bloß weil wir an einem weißen tropischen Strand Spaß miteinander hatten? Soll ich deshalb vergessen, daß du mit meinen Gegnern verhandelt hast?«
»Diese Gegner waren amerikanische Agenten, Matt.« Bevor ich etwas entgegnen konnte, fuhr sie fort: »Du erinnerst dich doch sicher, daß ich dich danach gefragt habe. Doch du wolltest mir nichts sagen. Da ich von dir keine Auskunft bekam, mußte ich sie mir also von ihnen holen.«
Ich sah sie einen Moment an. »Woher wußtest du, daß es amerikanische Agenten waren?«
»Ich ... ich hab ein bißchen Detektiv gespielt. Draußen auf der Delphinfarm. Als du mit diesem Jungen sprachst, hab ich mich herangeschlichen und gelauscht. Mir blieb ja gar nichts anderes übrig. Du wolltest mir nicht sagen, worum es geht, doch ich mußte wissen, worauf ich mich da einlasse. Einer von euch beiden – ich weiß nicht mehr, wer – sagte etwas, woraus hervorging, daß ihr alle amerikanische Agenten seid. Deshalb habe ich dich ja später danach gefragt – ich mußte schließlich wissen, ob ich dadurch, daß ich dir helfe, mein Land verrate. Aber du hast mir nichts gesagt.«
»Pressman hat's dir sicher mit größtem Vergnügen gesagt, was?« sagte ich bissig. »Und natürlich hast du ihm ge-

glaubt?«
»Warum hätte ich ihm nicht glauben sollen, Matt? Es paßte doch alles haargenau zusammen.«
Ich seufzte. »Okay. Du hast mich hereingelegt und ich dich. Es steht eins zu eins. Wenn du willst, erzähl ich dir jetzt alles. Aber vorher möchte ich noch etwas von dir wissen: Wo hast du Segeln gelernt?«
»Wir segeln ziemlich viel in der Umgebung von San Francisco, aber gelernt habe ich es als Kind in Washington, in der Chesapeake Bay. Ich hab dir doch gesagt, daß ich dort geboren bin.«
»Dann bist du also tatsächlich Isobel Marner?«
Sie starrte mich an. »Ja, wer denn sonst? Was dachtest du denn?«
»Ich wußte nicht recht, was ich denken sollte, als ich dich mit der Gegenseite sprechen sah. Okay. Was willst du also wissen?« Ich beantwortete ihre Fragen und sagte ihr alles, was ich sagen konnte, ohne irgend jemand in Gefahr zu bringen, falls man sie zum Reden zwang. Als ich fertig war, schüttelte sie erstaunt den Kopf.
»Mein Gott, so viele Leute haben schon dran glauben müssen, und du weißt nicht einmal genau, was los ist! Ja, du weißt nicht einmal, ob dieser Mr. Rath – dieser Mann, den du Monk nennst – wirklich etwas Gefährliches vorhat und wo er zu finden ist.«
»Klar«, sagte ich. »Er hat Naguki bloß aus Jux vom Pali geschmissen. Und mit diesen Experten aus Peking spielt er nur Mah-Jongg. Ich kenne Monk, mein Kind. Der gibt sich nicht mit kleinen harmlosen Fischen ab.« Ich schnitt eine Grimasse. »Und wo er zu finden ist, hoffte ich aus dir herauszukriegen.«
»Aus mir?«
»Was glaubst du, wozu ich dich sonst mitgenommen habe?« Ich grinste sie an. »Ich hab dir doch gesagt, daß du mir möglicherweise nützlich sein kannst, nicht? Ich dachte, wenn du mit Pressman in Kontakt bist, wirst du vermutlich auch wissen, wo K liegt. Und einer Frau die Zunge zu lösen, ist weiter kein Kunststück.«
Sie starrte mich entgeistert an. »Das... das heißt, du hast mich hierhergebracht, um es aus mir herauszuprügeln?«

Dann fing sie seltsamerweise zu lachen an. »Mein Gott, Darling, du bist einfach wundervoll! Vielleicht hab ich mich doch ein bißchen in dich verliebt. Wenn ich an all diese mickrigen, kleinen, ängstlichen Männer denke, mit ihren mickrigen, kleinen Country-Club-Intrigen ... Matt?«
»Ja?«
»Was gedenkst du jetzt zu tun? Müßtest du nicht irgendwas tun? Ich meine, außer darauf zu warten, daß mir die schäbigen Überreste meines Kleides von den Achseln rutschen?«
»Natürlich habe ich vor, etwas zu tun«, sagte ich. »Ich überlege die ganze Zeit, wie ich diesen Fisch dort fangen soll. Er sieht schön groß und appetitlich aus. Verstehst du vielleicht nicht nur was vom Segeln, sondern auch vom Fischen?«
Sie zuckte die Achseln. »Ich hab mal eine Geschichte gelesen, in der ein Mädchen, das es an einen einsamen Strand verschlagen hatte, seine Strümpfe als Leine und einen Strumpfhalter als Angelhaken benützte ...«
Im gleichen Moment hörte ich es. Jemand schlich von Westen her durch den Dschungel, soweit es möglich war, durch dieses verfilzte Zeug zu schleichen. Jemand mußte beobachtet haben, wie wir hier an Land gegangen waren, und jetzt biß der Fisch – der große Fisch – auf den Köder, den ich ausgelegt hatte, auf mich, an.
Ich sagte in gleichgültigem Ton. »Na ja, versuchen können wir's ja mal. Ich bin verdammt hungrig. Ich glaube, deine Strümpfe sind noch im Boot und leisten meiner Krawatte Gesellschaft, nicht? Wo hast du denn deine Unterwäsche gelassen?«
Sie sagte es mir. Die Sache schien sie zu reizen. »Ich glaube, Strumpfgürtel sind heutzutage ganz aus Plastik, aber in meinem Büstenhalter ist ein Draht, den wir vielleicht nehmen können. Matt, was ist denn? Bitte, Matt ...«
Ich beugte mich über sie und küßte sie und gab ihr einen respektlosen Klaps aufs Hinterteil, etwas, das ich am Vortag, bei der arroganten, stolzen Mrs. Marner, nie gewagt hätte. Ich hoffte, es machte einen natürlichen, ungezwungenen Eindruck auf den Mann im Gebüsch.
»Keine Angst, Mädchen. Zuerst das Essen. Warte hier auf mich, aber rühr dich nicht von der Stelle, sonst verläufst du dich womöglich. Isobel ...«

»Was denn, Matt?«
»Es freut mich, daß du glücklich warst, wenigstens einen Moment lang. Tut mir leid, daß ich dich aus deinem Glück herausreißen muß.«
Sie hob den Kopf und sah mich fragend an. Ich hätte nicht sentimental werden sollen; sie war klug genug, um zu erraten, daß irgendwas nicht stimmte. Ich merkte, daß sie sich am liebsten umgedreht und einen Blick in den Dschungel geworfen hätte, doch sie beherrschte sich. Sie lächelte nur und strich über meinen Arm. Ich ging rasch weg, damit ich möglichst weit von ihr entfernt war, wenn der Kerl sich auf mich stürzte.
Es geschah, als ich den Rand der Lichtung erreichte, doch nicht das, was ich erwartet hatte. Daß dies passierte, war meine eigene Schuld. Ich hatte wieder diesen verdammten unbrauchbar gemachten Revolver vergessen. Ich hatte ihn offen auf meiner Jacke liegenlassen, ohne daran zu denken, denn ich wußte ja, daß man damit nicht schießen konnte – doch Isobel wußte das natürlich nicht, und der Kerl im Dschungel auch nicht.
Ich hörte einen Zweig knacken und dann Isobels Schrei, und als ich herumfuhr, sah ich es unweit von ihr zwischen den Blättern metallisch aufblitzen. Vielleicht verteidigte sie sich nur instinktiv. Oder vielleicht lag es daran, daß Revolver sie kribbelig machten – endlich einmal bot sich ihr die Gelegenheit, einen abzufeuern.
Was immer der Grund war, sie packte die Kanone – mit beiden Händen, wie ich es ihr gesagt hatte – riß sie hoch und zielte.
Der Revolver im Dschungel krachte nur einmal.

22

Mit das erste, was man in unserer Branche lernt, ist, sich nicht um Tote und Verwundete zu kümmern. Ich hörte den Schuß. Ich hörte, wie Isobel aufschrie und hinschlug. Zu ihr zu stürzen, sie in die Arme zu nehmen und dem verborgenen Scharfschützen mit der Faust zu drohen, hätte im Fernsehen prima gewirkt, wäre aber in Wirklichkeit höchst

unzweckmäßig gewesen. Ehrlich gesagt, mir kam nicht einmal der Gedanke. Ich rannte in die andere Richtung.
Ich prallte gegen die verfilzten Zweige und arbeitete mich durch wie ein Bulldozer. In so einer Situation gibt es zwei Möglichkeiten. Man kann entweder den ganzen Tag wie ein Indianer herumschleichen und versuchen, den Kerl zu erwischen, wenn er einen Moment lang nicht aufpaßt, oder man kann sich gleich auf ihn stürzen. Ich hatte zwar nur ein kleines Messer und er einen Revolver, doch im Dschungel war das kein so großer Nachteil wie anderswo. Er würde mich bestimmt erst bemerken, wenn ich schon über ihm war.
Ein Stück weiter bog ich nach links ab und arbeitete mich zu der Stelle vor, von wo der Schuß gekommen war. Wenn er eine automatische Waffe oder auch nur ein Gewehr gehabt hätte, so hätte ich das natürlich nicht riskiert. Doch mit dem Revolver, den ich gesehen hatte, konnte er nur blindlings einen Schuß nach dem anderen abgeben, und soviel Munition hatte er vermutlich nicht. Er mußte warten, bis ich nahe genug heran war und er auf mich zielen konnte.
Ich hörte, wie sich in dem Gebüsch vor mir etwas leise bewegte. Er schlich nach rechts davon, weg von dem Fluß und dem reglos daliegenden Körper. Kurz sah ich ein grellbuntes, rot und gelb gemustertes Hawaiihemd und eine weiße Hose aufblitzen; er schien fast genauso gekleidet wie Hanohano. Vielleicht war das ein Omen. Ich hielt mich nicht mit Grübeleien auf, ob ein gutes oder schlechtes.
Ich stieß nur einen lauten Schrei aus und rannte heulend wie ein Comanche in voller Kriegsbemalung auf ihn zu. Mir war klar, daß ich mich in diesem Dschungel ohnedies nicht lautlos an ihn heranschleichen konnte, und ich rechnete damit, daß ihn mein Geschrei nervös machen würde. Außerdem gibt es eine Theorie, derzufolge man um so besser kämpft, je lauter man schreit. Aber von all dem abgesehen, war mir einfach nach Schreien zumute. Vielleicht war ich übergeschnappt.
Plötzlich tauchte rechts von mir mein Ziel auf: der Revolver. Den Kerl, der ihn in der Hand hielt, beachtete ich gar nicht; ich konzentrierte mich ganz auf die Waffe. Ich mußte sie unschädlich machen, bevor sie mich umlegt; und eine Se-

kunde, bevor sie meinem Gefühl nach abgefeuert würde, duckte ich mich unter die vermutliche Schußlinie. Ich rammte den Kerl mit der Schulter, und während wir zu Boden gingen, packte ich sein Handgelenk. Ich schlug seinen Arm gegen einen Baum, und damit war die Sache erledigt. Jetzt brauchte ich ihm bloß die Kehle durchzuschneiden und ihn freundlich anzulächeln, während er verröchelte.

»Matt! Matt, ich bin's! Jill! Nicht, Matt...«

Die Stimme schien von ganz weit her zu kommen. Ich hatte es mir ja gedacht – ich war übergeschnappt. Ich holte tief Luft, setzte mich auf und sah mir an, was ich da unter mir hatte. Tatsächlich – es war Jill. Sie trug Turnschuhe und ein Exemplar von diesen weißen Jeans, die allmählich die blauen vom Markt zu verdrängen scheinen – warum, weiß ich nicht, denn kein Mensch hat doch Lust, seine Jeans dauernd zu waschen.

Ihre jedenfalls hätten dringendst gewaschen werden müssen. Mit ihrer dreckigen Hose, ihrem zerrissenen Hemd und ihrem verfilzten Haar erfüllte sie alle Voraussetzungen, in unseren Strandläuferclub aufgenommen zu werden – und allem Anschein nach war ja auch gerade ein Platz freigeworden.

Mit heiserer Stimme sagte ich: »Was, zum Teufel, tun denn Sie hier? Ich meine, außer Leute in den Rücken zu schießen?«

»Matt, ich kann doch nichts dafür! Sie hatte einen Revolver, sie hat damit auf mich gezielt. Was hätte ich denn sonst tun sollen?«

»Sie hätte Sie nicht mal mit einer Maschinenpistole getroffen.«

»Woher sollte ich das wissen? Woher wissen Sie das? Außerdem, in den Rücken hab ich sie nicht geschossen. Wollen Sie den ganzen Tag auf mir sitzenbleiben?« Ich stand langsam auf. Während ich mein Messer zusammenklappte und einsteckte, erhob sich Jill und klopfte sich ab. Dann sagte sie lächelnd: »Wenn Sie auf einen losgehen, Eric, sind Sie anscheinend durch nichts aufzuhalten, was? Ich habe ihnen zugerufen, wer ich bin, aber Sie haben so geschrien, daß Sie mich nicht gehört haben.«

»Sie hätten rufen sollen, bevor Sie schossen, nicht danach.«

Ich tastete zwischen den Ästen und Blättern herum, bis ich

den Revolver fand, wieder eins von den Dingern aus rostfreiem Stahl, die Monk zu verteilen schien wie Weihnachtsgeschenke. Jill streckte die Hand aus, doch ich steckte ihn in meinen Hosengürtel und schüttelte den Kopf. »Ich mag keine schießwütigen Leute mit Kanonen um mich. Sehen wir mal nach, was Sie angerichtet haben. Gehen Sie voraus.«
Sie funkelte mich wütend an und wollte etwas sagen, doch dann unterdrückte sie es und setzte sich in Bewegung. Sogar in Hosen von hinten war sie ein sehr hübsches Mädchen. Im Moment jedoch verstand ich diesen Anblick nicht recht zu genießen. Dies war das Mädchen, hinter dem ich die ganze Zeit hergewesen war, doch so hatte ich mir unsere Begegnung nicht vorgestellt.
Noch mehr aber ärgerte mich wohl, daß ich ihr Unrecht getan hatte, indem ich ihr die Schuld an dem Vorgefallenen gab. Isobel hatte meinen Revolver hochgerissen. Sie hatte schießen wollen, Jills Strategie, sich auf diese Weise an uns heranzuschleichen, war vielleicht nicht sehr geschickt gewesen, doch daß sie auf diese Bedrohung derart reagiert hatte, konnte man ihr bei ihrer Ausbildung nicht zum Vorwurf machen. Und wenn ich meinen Revolver nicht liegengelassen hätte, wäre das Ganze nicht passiert.
Isobel rührte sich nicht, als wir uns ihr näherten. Ich hatte kaum einen Zweifel, trotzdem kniete ich mich neben sie und hob sie ein wenig hoch. Es war nicht nötig, sie umzudrehen, um den großen glänzenden Blutfleck unter ihrer linken Brust zu sehen. Behutsam legte ich sie wieder hin.
Ich blieb noch einen Moment knien und hielt sie im Arm. Anscheinend wurde ich allmählich zu alt für diese Arbeit. Verdammt noch mal, es kamen doch ständig Menschen um, darunter auch hübsche Frauen. Sie wurden in Autos zerquetscht, sie wurden von eifersüchtigen Freunden abgeknallt, sie bekamen Krankheiten, gegen die Antibiotika nichts halfen, und wenn ihnen von all dem nichts passierte, dann taten sie's selbst und schluckten ein Röhrchen Schlaftabletten. Ich hatte einen Job zu erledigen, obwohl mir noch nicht ganz klar war, was für einen. Ich konnte es mir nicht leisten, Zeit und Gefühle an eine Dame der Gesellschaft zu verschwenden, die tot auf einer gottverlassenen Pazifikinsel lag.

Ich hörte Jills Stimme: »Nehmen Sie das nicht ein bißchen gar zu schwer, Eric?«
Sie hatte natürlich recht, doch ich blickte auf und sagte: »Kämmen Sie sich Ihr Haar und halten Sie Ihren verdammten Mund.«
Sie ließ nicht locker. »Also, wenn Sie das gern von mir hören wollen – okay, es tut mir leid. Aber wie soll man denn in dieser Branche Karriere machen, wenn man wegen jedem feindlichen Agenten, den man umlegt, einen Nervenzusammenbruch kriegt?«
Ich starrte Sie an. »Wie meinen Sie das?«
Sie runzelte erstaunt die Stirn. »Wußten Sie das etwa nicht. Ich hab Sie über sie sprechen hören. Ihr Deckname ist, oder besser, war Irina, und sie war eine der besten Moskauer Agentinnen in Asien. Vielleicht ist Ihnen deshalb ihr Dossier nie untergekommen; Sie wurden nie gegen diese Leute eingesetzt, nicht? Sie war für eine Weile verschwunden, und jetzt ist sie hier wiederaufgetaucht. Zuerst hat sie sich Isobel McLain genannt, und dann hat sie sich Ihnen als Ihre Schwägerin Isobel Marner vorgestellt, stimmt's? Wie sie das gedeichselt haben, weiß ich nicht. Möglicherweise hatte es für die richtige Isobel Marner, falls es die tatsächlich gibt, ziemlich unangenehme Folgen. Aber vielleicht haben sie einkalkuliert, daß es Ihnen kaum möglich sein wird, nachzuprüfen, ob eine solche Person existiert oder nicht.« Jill blickte mit nachdenklicher Miene auf mich herab. »Ich habe das Gefühl, Sie glauben mir nicht, Eric. Sie muß wirklich eine ausgezeichnete Schauspielerin gewesen sein. Aber vielleicht kann ich Sie doch noch überzeugen. Wo ist ihre Handtasche?«
Ich zögerte einen Moment, dann deutete ich mit dem Kopf auf die schmutzige weiße Ledertasche, die neben einem Paar schmutziger weißer Pumps auf dem Felsvorsprung lag. Jill holte sie und machte sie auf.
»Was meinen Sie, woher ich sonst gewußt habe, wo Sie sind?« fragte sie. »Ich wollte Sie warnen. Monk weiß, daß Sie hier sind. Er ist Ihnen auf der Spur, seit Sie heute morgen um die Inselspitze herumgefahren sind. Da.«
Sie hatte Isobels Feuerzeug aus der Tasche genommen. Sie öffnete es und zeigte mir das Innere. Die eine Hälfte nahm

der normale, doch verkleinerte Tank eines Gasfeuerzeugs ein, die andere etwas, das aussah wie ein Gewirr schmutziger Spaghetti mit Käfern darin – zumindest kam es mir so vor, da ich ja nicht viel von diesen elektronischen Dingern verstehe.
»Ein Sendegerät«, sagte ich leise. »Mein Gott, sie hat die ganze Zeit ein Sendegerät bei sich gehabt!«
Und da spürte ich, wie die Frau, die ich in den Armen hielt, sich leise rührte.

23

Mir wurde gar nicht bewußt, daß ich eine Entscheidung traf. Mein geistiger Computer fütterte sich selbst und spuckte die Antwort aus. Ich spürte, wie meine Finger, ohne daß ich es richtig wollte, sich fest um Isobels Arm schlossen und ihr bedeuteten, regungslos liegenzubleiben. Dann bettete ich sie wieder auf dem Boden und ließ sie los.
»Na ja, jetzt spielt sie bestimmt kein Theater mehr«, sagte ich. »Einmal hat sie sich zwei von Monks Leuten gegenüber bewußtlos gestellt und die beiden damit zum Narren gehalten. Jedenfalls hat sie mir das erzählt, aber wahrscheinlich gehörte auch das nur zu ihrer Rolle.« Ich drückte noch einmal fest ihren anderen Arm, um ihre Aufmerksamkeit auf meine Worte zu lenken, und sagte zu Jill: »Ich hätte es mir denken können. Sie war für die Dame der Gesellschaft, als die sie auftrat, viel zu raffiniert und kühl.«
Jill legte das Feuerzeug in die Tasche zurück, machte sie zu und warf sie auf den Felsvorsprung. Ich stand auf, betrachtete meine Hände und wischte sie an meiner Jacke ab. Dann breitete ich, scheinbar pietätvoll, die Jacke über Isobel und legte mein Hemd auf ihre Beine. Ich drehte mich zu Jill um.
»Da hab ich alter Profi mich ja ganz schön aufs Kreuz legen lassen. Haben Sie sie deshalb erschossen?«
Jill zuckte die Achseln. »Ich wußte, daß sie gefährlich ist. Und als sie den Revolver auf mich richtete...«
Das erinnerte mich daran, daß ich meine Kanone wieder einmal vergessen hatte. Ich hob sie auf und steckte sie in meinen Gürtel, nachdem ich Jills Schießeisen herausgezogen

und ihr zurückgegeben hatte.
»Tut mir leid, daß ich so grob zu Ihnen war. Jetzt versteh ich, warum Sie sich so vorsichtig an uns rangeschlichen haben. Sie konnten ja nicht wissen, wie sie reagieren würde.«
»Genau. Ich vermutete, daß sie wahrscheinlich denken würde, ich wüßte genug über sie, um sie zu entlarven. Deshalb mußte ich sie überraschen. Es tut mir wirklich leid, daß das so schlimme Folgen hatte. Ich ... ich habe in solchen Dingen nicht sehr viel Erfahrung ...«
Ihr leichtes Zögern wirkte sehr überzeugend. Ich musterte das Mädchen aufmerksam und entdeckte, daß an ihrem bunten Hemd ein strategisch überaus wichtiger Knopf und der größte Teil eines Ärmels fehlten; doch es sah irgendwie so aus, als sei es absichtlich mit einer Schere so zugerichtet worden, als wollte sie auf einen Maskenball gehen. Ich hätte gewettet, daß sie sich den Schmutz selber an die Hose geschmiert hatte, um mir zu zeigen, was für Strapazen sie auf sich genommen hatte, um zu mir zu kommen. Trotzdem ließ sich nicht übersehen, daß sie mit ihrer braunen Haut, ihrem hellblonden Haar und ihren offenen blauen Augen überaus hübsch war. Ein Jammer, daß sie so eine gottverdammte Lügnerin war.
Natürlich war es auch möglich, daß man sie ebenfalls hereingelegt hatte, obwohl ich mir nicht vorstellen konnte, wie. Vielleicht aber war ich auch ein Riesentrottel, weil ich kein Wort von dem glaubte, was sie über Isobel gesagt hatte.
All das lief darauf hinaus, daß ich mich entscheiden mußte – zwischen dem sehr überzeugend wirkenden hochgewachsenen blonden Mädchen, das seine Behauptungen mit dem Feuerzeug bewiesen zu haben schien, und der schlanken, dunkelhaarigen Frau, die leise zu mir gesagt hatte: *»Matt, lach bitte nicht, aber ich bin glücklich.«*
Ich fand, eine so gute Schauspielerin konnte es gar nicht geben. Und das Feuerzeug war auch kein Beweis. Man konnte es, ohne daß sie es merkte, jederzeit in ihre Tasche praktiziert haben. Es gab Millionen davon, sie brannten monatelang, und eins sah wie das andere aus. Zum Beispiel konnte es ausgetauscht worden sein, als Francis und der andere Bursche ihr Zimmer durchsuchten. Bis jetzt war ich auf keine wirklich einleuchtende Erklärung für diese äußerst

ungeschickte Aktion gestoßen, und Francis hatte mir, kurz bevor er starb, irgend etwas darüber sagen wollen.
Vielleicht aber hatte ich ihn mißverstanden. Vielleicht hatte er mich vor dem Feuerzeug warnen wollen, und nicht vor Isobel.
Auf jeden Fall mußte ich mich entscheiden, und ich entschied mich für die Frau, die dort auf der Erde lag. Ich setzte darauf, daß sie mir die Wahrheit gesagt hatte und Isobel Marner aus San Francisco war.
Ich setzte natürlich auch darauf, daß sie an ihrer Verwundung nicht sterben würde. Doch daß sie so heftig geblutet hatte, schien eher ein gutes als ein schlechtes Zeichen zu sein. Es deutete auf eine Fleischwunde hin, die sehr schmerzhaft, doch nur selten tödlich war.
Ich setzte also mein Leben und vielleicht das zahlreicher anderer aufs Spiel, indem ich annahm, daß sie bei Bewußtsein war und verstand, was wir sprachen, und daß sie klug genug war, meine versteckten Anweisungen zu begreifen und zu befolgen. Es war von einer verletzten und auf diesem Gebiet unerfahrenen Frau ziemlich viel verlangt, doch ich mußte es versuchen.
Ich wandte mich an Jill: »Okay, Mädchen. Sagen Sie mir schnell, was Sie rausgekriegt haben. Erstens – wo ist K?«
»Etwa neun Kilometer von hier.« Sie deutete in westlicher Richtung die Küste hinunter. »An der übernächsten Bucht. Mit einem Boot hinzukommen, ist kein Problem, doch über Land ist es ziemlich schwierig; es gibt so ziemlich alle Hindernisse, die man sich denken kann – Sümpfe und Dschungel und spitze Lavafelsen. Sie brauchen mich ja bloß anzusehen! Matt, ich, ich...«
»Sie sagten, Monk weiß, daß ich hier bin. Was hat er gegen mich vor?«
»Momentan gar nichts. Sie arbeiten alle mit Hochdruck an dem Boot. Er meint, solange die Frau auf Sie aufpaßt und ihr Sendegerät anzeigt, wohin Sie gehen, braucht er vorläufig nichts zu unternehmen und kann warten, bis ein paar Leute freiwerden, die er auf Sie ansetzen kann. Wenn er natürlich merkt, daß ich verschwunden bin...«
»Das ist meine nächste Frage. Warum, zum Teufel, sind Sie eigentlich weggelaufen? Ich hab Ihnen doch gesagt, Sie

sollen in K bleiben und auf mich warten.«
»Aber ich mußte Sie doch warnen!« rief sie. »Ich mußte Ihnen doch sagen, daß Sie drauf und dran sind, in eine Falle zu gehen und daß Sie eine Verräterin bei sich haben, oder? Matt...«
»Vielleicht hatte ich die Absicht, in eine Falle zu gehen. Vielleicht habe ich Sie deshalb vorausgeschickt, damit Sie sich die Falle ansehen und mir heraushelfen können. Nächstes Mal, Jill, befolgen Sie einfach meine Anweisungen. Ich brauche keinen Schutzengel.«
Ihre Augen blitzten wütend auf, doch dann nahm sie sich zusammen und sagte leise: »Okay, Matt. Tut mir leid, daß ich einen Fehler gemacht habe. Ich dachte, es wäre das einzig Richtige.«
Mir war klar, daß sie eine Schwindlerin war – eine hübsche, heuchlerische Schwindlerin – und nicht bloß ein argloses dummes Ding, das Monk geschickt ausnützte. Die Frage war nur noch, ob sie wirklich raffiniert und gefährlich und tiefer in Monks Intrigen verwickelt war, als ich gedacht hatte, oder ob er sie bloß erwischt und durch Drohungen gezwungen hatte, zu ihm überzulaufen. Es gab eine Menge Möglichkeiten, einem hübschen jungen Mädchen Angst einzujagen, und Monk kannte sie sicherlich alle. »Na ja«, sagte ich nachdenklich, »an meinem Plan ändert sich dadurch nicht viel. Können Sie mich irgendwie nach K führen, ohne daß wir entdeckt werden? Oder vielleicht können Sie mir sagen, wie ich K finde und an den Posten vorbeikomme – er hat doch sicher Posten aufgestellt?«
Sie zögerte einen Moment. »Ich glaube, es ist besser, wenn ich Sie führe. So kommen Sie bestimmt schneller hin und ersparen sich eine Menge Strapazen, und außerdem weiß ich, wo Monks Männer postiert sind. Matt...«
»Und jetzt die große Frage. Was hat Monk vor? Haben Sie das rausgekriegt?«
»Natürlich! Ich versuche ja schon die ganze Zeit, es Ihnen zu sagen. Matt, es ist etwas Entsetzliches. Es geht um die *General Hughes.*«
»Um was?«
»Um die *Hughes*. Die *General Hughes*. Den Truppentransporter, Matt!«

Ich starrte sie an und dachte an die Jungen mit den Erkennungsmarken, die ich am Strand gesehen hatte. Obwohl sie ziemlich dumme Bemerkungen über mich gemacht hatten, waren sie mir sehr sympathisch gewesen.

»Aha«, sagte ich leise. »Vermutlich will er sie versenken?«

Sie nickte. »Und wie?« fragte ich. »Nein, sagen Sie's mir nicht, ich kann's mir denken. Ich kenne Monks Vorliebe für dramatische Explosionen. Mit viel Krach und Qualm und Flammen. Und am meisten schätzt er es, wenn ein Haufen Menschen dabei in die Luft fliegt.«

Jill nickte wieder. »Genau. Die Sprengkörper sind bereits auf dem Schiff versteckt.«

»Wo? Haben sie Haftminen außen an den Rumpf geklebt oder das Zeug irgendwie an Bord geschmuggelt?«

»Das... das weiß ich nicht. Ich weiß bloß, daß das Ganze bestens geklappt hat.«

»Okay. Und wie will er es zur Explosion bringen – mit einem Zeitzünder oder so was? Nein, das würde nicht zu Monk passen. Er drückt gern selbst auf den Knopf und sieht zu, wie's in die Luft fliegt. Was für Vorkehrungen hat er getroffen?«

»Technische Einzelheiten kenne ich nicht, Matt, aber in dem einen Boot – dem größeren – ist ein Gerät, das aussieht wie ein Radio. Sie sind gerade dabei, es zum Skilaufen herzurichten. Deshalb bin ich ja in K. Er braucht jemand, der gut im Bikini aussieht.«

Ich fixierte sie scharf. »Moment, da komm ich nicht ganz mit. Skilaufen? Bikini?«

»Ja. Wasserski. Verstehen Sie denn nicht? Kein Mensch wird doch ein Rennboot verdächtigen, das ein blondes Mädchen auf Wasserskiern im Schlepp hat; die Soldaten werden an die Reling stürzen und pfeifen und schreien und die Blumenkränze hinunterwerfen, die sie in der Stadt gekriegt haben. Und dann, wenn wir an dem Schiff vorbei und in sicherer Entfernung sind, wird Monk auf den Knopf drücken...« Wir schwiegen eine Weile. Plötzlich sagte Jill leise: »Dadurch, daß Sie nicht in Pearl Harbor, sondern in Honolulu anlegten, haben Sie es ihm leichtgemacht. Morgen früh laufen sie aus, und morgen ist Samstag. Am Samstag läuft die *Lurline* immer ein. Das heißt, daß das Wasser von Booten wimmeln wird, die den Dampfer empfangen. Eins mehr wird bestimmt nicht auffallen. Monk meint, sogar nach der Explosion wird man uns kaum bemerken. Alle Blicke werden sich auf die *Hughes* richten.«

»Und dann?«

»Dann hauen wir in dem allgemeinen Durcheinander ab und treffen uns irgendwo – wo, weiß ich nicht – mit dem anderen Boot, auf dem keine verdächtigen Geräte sind. Wir steigen um und fahren zu einem Schiff hinaus, das uns wegbringt. Darüber weiß ich nichts Genaues. Monk sagte, ich soll nur alles ihm überlassen. Er ... er denkt, ich bin in ihn verliebt. Er glaubt, ich tu das alles nicht nur aus politischer Überzeugung, sondern weil ich mit ihm fortgehen will. Ich ... ich mußte ihn bei diesem Glauben lassen.« Sie wurde ein wenig rot. Ich war nicht so beeindruckt, wie sie es wohl erwartete, denn dieses plötzliche Rotwerden kannte ich bereits an ihr.

»Und was ist mit seiner politischen Überzeugung? Warum tut er das alles?«

»Das ist doch klar. Natürlich, um gegen den Krieg zu protestieren. Und um zu verhindern, daß diese Truppen eingesetzt werden.«

»Das sieht Monk aber gar nicht ähnlich«, sagte ich. »Er hat mir nie einen besonders friedliebenden Eindruck gemacht. Na ja, vielleicht ist er auf seine alten Tage weichgeworden – aber was soll diese Dame aus Moskau? Daß Peking Leute geschickt hat, kann ich noch verstehen – wahrscheinlich hat er technische Unterstützung gebraucht, obwohl Monk, soviel ich mich erinnere, ausgezeichnet mit Sprengstoffen umgehen kann. Aber was hat eine russische Agentin dabei zu suchen? Sie sagten doch, sie ist aus Moskau, nicht?«

»Ja, natürlich, aber welche Funktion sie hat, weiß ich auch nicht. Ist das so wichtig? Die Kommunisten arbeiten doch alle zusammen, nicht?«

Ich lachte. »Da wäre ich mir nicht so sicher. Na, lassen wir das vorläufig.« Ich runzelte die Stirn. »Das ändert das Ganze natürlich. Wir müssen unbedingt irgendwie Honolulu verständigen. Dort drüben im Schilf liegt ein Boot – das können Sie nehmen. Sagen Sie mir, wie ich nach K komme – ich werde dort mein möglichstes tun. Dann holen Sie das Boot und verstecken es irgendwo, bis es finster ist, damit es

Monks Leute nicht finden, falls sie hier herumschnüffeln sollten. Nach Einbruch der Dunkelheit fahren Sie mit dem Boot westwärts in Richtung Kalaupapa, der Leprakolonie. Bei gutem Wind werden Sie nicht mehr als zwei bis drei Stunden brauchen. Am Ende der Halbinsel, auf der Kalaupapa liegt, ist laut Karte ein Leuchtturm, nach dem Sie sich orientieren können. Sie fahren um die Halbinsel herum und landen auf der andern Seite. Dort gibt es bestimmt eine Funkstation. Sorgen Sie dafür, daß die Meldung sofort nach Honolulu durchgegeben wird. Das Schiff darf morgen nicht auslaufen. Okay?«

Ich sprach so laut und deutlich, wie es möglich war, ohne Jills Verdacht zu erregen. Dabei bemühte ich mich, keinen Blick auf Isobel zu werfen. Sie rührte sich nicht unter meiner Jacke. Ich fragte mich, ob ich mir vorhin vielleicht nur eingebildet hatte, daß sie sich bewegte.

Die Chance stand fünfzig zu fünfzig. Entweder war sie am Leben oder nicht. Entweder hatte sie alles gehört oder nicht. Entweder fuhr sie nach Kalaupapa und überbrachte die Nachricht oder nicht. Ich konnte es nicht. Wenn ich jetzt mit dem Boot losfuhr, würden mich Monks Posten von K aus entdecken, und die Schnellboote würden mich in ein paar Minuten einholen. Und wenn ich wartete, bis es dunkel wurde, würden mich vorher Monks Leute schnappen. Das beste war, ihn von dieser Stelle abzulenken, indem ich zu ihm ging. Dann konnte Isobel, falls sie genug Kraft dazu hatte, abhauen, und ich konnte möglicherweise Monks Plan sabotieren. Natürlich mußte ich auch Jill von hier wegbringen, doch ich hoffte, sie würde mir das nicht allzu schwer machen, und damit hatte ich recht.

Sie sagte zögernd: »Schön, Matt, aber...«

»Aber was?«

»Es ist doch massenhaft Zeit bis zum Einbruch der Dunkelheit. Soll ich Sie nicht wenigstens ein Stück weit führen? Lassen Sie mich Ihnen zeigen, wie Sie nach K kommen, damit ich nicht das Gefühl habe, völlig versagt zu haben. Dann kann ich ja zurückgehen und mich um das Boot kümmern.«

Ich zuckte die Achseln. »Also schön, wie Sie wollen. Aber nur, wenn Sie mir versprechen, sich genau nach meinen

Anweisungen zu richten. Sobald es dunkel geworden ist, fahren Sie nach Kalaupapa...«

Ohne mich auch nur einmal nach Isobel umzudrehen, folgte ich ihr durch den dichten Dschungel und dann westlich über die mit Lavageröll bedeckte Anhöhe. Der Weg war ziemlich steil und der Tag schön und warm, und als wir die Stelle erreichten, von der aus man auf die nächste Bucht blicken konnte, lief uns der Schweiß in Strömen herunter.

Diese Bucht war etwas größer und das Tal dahinter breiter und längst nicht so schön wie der Garten Eden, den Isobel und ich entdeckt hatten. Jill blieb stehen und wandte sich zu mir um. »Dort hinter der nächsten Hügelkette«, erklärte sie und streckte die Hand aus. »Sie müssen über den Sattel dort drüben. Direkt unterhalb steht ein Posten. Die anderen werden sie leicht entdecken; einer befindet sich auf der nächsten Anhöhe und einer auf einem Felsen hinter dem Lager. Seien Sie froh, daß Sie nicht den gleichen Weg gehen müssen wie ich. So werden Sie sich wenigstens nicht dreckig machen.«

Ich sah sie einen Moment an. Vielleicht irrte ich mich doch, das konnte man nie wissen. Sie streckte plötzlich ihre Hand aus.

»Ich geh jetzt am besten zurück und versteck das Boot, Matt.«

»Okay.« Ich drückte ihre Hand. »Gute Fahrt, Mädchen.«

»Ich schicke Ihnen sofort Hilfe.«

Ich schüttelte den Kopf. »Warten Sie lieber, bis Sie sicher sind, daß dem Schiff nichts passieren kann. Vielleicht gelingt es mir, das Ganze zu verhindern; das kann ich aber nur, wenn Monk nicht plötzlich aufgescheucht wird. Das Wichtigste ist, daß das Boot mit der Sprengkapsel und das Schiff nicht zusammentreffen. Sie nehmen sich das Schiff vor, und ich mir, wenn möglich, das Schnellboot. Erledigen Sie Ihren Teil erst, bevor Sie sich um meinen kümmern. Verstanden?«

Sie nickte gehorsam. »Ja, natürlich... Matt?«

»Was denn?«

»Was meinen Sie...Vielleicht hab ich doch nicht völlig versagt, oder?«

Sie war wirklich ausgezeichnet, oder ich war schrecklich im Irrtum. Ich grinste, nahm ihr Gesicht in beide Hände und

küßte sie leicht auf die Stirn. Sie schlang plötzlich die Arme um mich, und dabei hob sie den Kopf und preßte ihren Mund auf meinen. Und dann spürte ich, wie der Revolver aus meinem Gürtel gerissen wurde, und sie sprang zurück und richtete ihn auf mich.
»Okay, Monk!« rief sie. »Ich hab seine Kanone. Kommt her und holt ihn euch, Darling.«
Ich hob langsam die Hände und starrte auf den Revolver, als hätte ich mächtigen Respekt davor. Seit Tagen versuchte ich dieses verdammte kastrierte Ding jemandem anzudrehen. Höchste Zeit, daß ich einen Abnehmer dafür fand, obwohl ich mir im Moment nicht vorstellen konnte, wie es mir helfen sollte.

24

Sie waren zwischen den Felsen versteckt: Monk und zwei dunkelhäutige Männer in scheußlichen Hawaiihemden, jeder einen alten M-1-Karabiner in der Hand, diese Promenadenmischung zwischen einer Pistole und einem Gewehr, von der ich noch nie viel gehalten hatte. Es läßt sich jedoch nicht leugnen, daß man unter günstigen Umständen einen Mann damit umlegen kann.
Monk trug eine gutgeschnittene Khakihose und ein kurzärmeliges Hemd mit offenem Kragen. Das Ganze ähnelte der neuen Sommeruniform der Army, in der sogar ein Vier-Sterne-General aussieht wie ein Pfadfinder. Mir fiel ein, daß Monk schon immer etwas von einem angejahrten Pfadfinderführer an sich gehabt hatte. Freilich richtete sich seine flammende Begeisterung nicht mehr auf Lagerfeuer, aber sonst war sie ungebrochen.
Die blauen Augen in seinem sonnengebräunten Asketengesicht strahlten, als er herunterkletterte und eine von diesen rostfreien Kanonen auf mich richtete, von denen er irgendwo einen ganzen Haufen liegen haben mußte. Seine beiden Helfer nahmen mir mein kleines Messer und meinen Gürtel ab und durchsuchten mich vergeblich nach weiteren Waffen.
»Der gute alte Eric«, sagte Monk und ließ seinen Revolver

sinken. »Schnell mit den Händen, schnell mit der Kanone, schnell bei den Weibern und sehr langsam mit dem Verstand.«

»Der gute alte Monk«, sagte ich. »Immer noch dasselbe Großmaul. Wenn Worte töten könnten, *amigo*, wären Sie der Größte in unserer Branche.«

Das traf ihn, denn natürlich war er überzeugt, der Größte in unserer Branche zu sein. Na ja, wer ist davon nicht überzeugt? Keiner von uns würde dabeibleiben, wenn er sich nicht einbilden würde, auf seine eigene, besondere Weise der Größte zu sein. Jeder von uns ist der Größte. Der Unterschied war nur, daß Monk in dieser Hinsicht nie Spaß verstanden hatte.

Er kniff die Augen zusammen und wollte etwas sagen, doch dann beherrschte er sich. Statt dessen winkte er den beiden Männern, mich den Pfad hinunterzuführen. Jill trat einen Schritt auf mich zu.

»Einen Moment. Zwischen uns beiden steht noch eine Rechnung offen.«

»Zum Teufel mit deinen Rechnungen, Irina«, sagte Monk gereizt. »Dafür ist jetzt keine Zeit.«

»Ohne mich hättet ihr ihn nicht so leicht geschnappt. Einen Augenblick wirst du doch wohl warten können, Darling.«

Sie sprach jetzt bewußt mit einem leichten ausländischen Akzent, und ihr Gesicht hatte sich völlig verändert. Sie war nicht mehr das hübsche, langbeinige, fröhliche amerikanische Mädchen, das ich vor ein paar Tagen am Strand von Waikiki bewundert hatte. Sie legte offenbar Wert darauf, mir das klarzumachen. Sie wollte, daß ich die Raffiniertheit, mit der sie mich getäuscht hatte, bewunderte.

Sie baute sich vor mir auf. »Mr. Helm.«

»Sie sind also Irina aus Moskau«, sagte ich.

Sie zuckte die Achseln. »Wenn Sie's so nennen wollen.«

»Vermutlich hatten Francis und die andern Jungen davon keine Ahnung.«

»Diese idiotischen Pazifisten! Es war nicht schwer, diese Schafe zu lenken.«

»Direkt in Mister Monks Schlachthaus.«

»Natürlich. Als regulär angeworbene amerikanische Agenten, Mr. Helm. Vergessen Sie das nicht. Ihre defätistischen

Äußerungen stehen in den Akten, und Ihre auch, Mr. Helm. Anscheinend hielten Sie es für besonders gerissen, so zu tun, als ob Sie der gleichen Meinung wären; Sie dachten, Sie könnten sie dadurch dazu bringen, sich Ihnen anzuvertrauen, nicht? Vielleicht ist Ihnen das auch gelungen, aber damit haben Sie uns den Ball genau in die Hände gespielt. Wie gesagt, es steht alles in den Akten. Wenn man Sie tot in dem Boot finden wird – in dem merkwürdig ausgerüsteten Boot, das bald im Mittelpunkt des Interesses stehen wird –, was glauben Sie, was dann die Leute über Sie sagen werden? Über einen Mann, der gemaßregelt wurde, weil er gegen den Krieg in Asien Stellung genommen hat?«

»So läuft der Hase also. Wirklich äußerst raffiniert, Irina.«

»Nicht wahr? Was meinen Sie, wem man die Schuld an dem schrecklichen Tod all dieser tapferen, jungen amerikanischen Soldaten geben wird? Zuerst wollten wir Naguki dazu benützen, doch dann haben wir erfahren, daß Sie kommen und daß Sie freundlicherweise sich selbst besser belastet haben, als wir Naguki jemals hätten belasten können. Also haben wir Naguki beseitigt und uns auf Sie konzentriert. Sie hielten es wohl für äußerst clever, sich auf allen möglichen Umwegen an K heranzuschleichen, aber wer hat Sie denn über K informiert? Wer hat Ihnen gesagt, wie Sie hinkommen können? Ich. Wir haben Sie hier erwartet. Wir haben uns über Ihre kindischen Versuche, uns zu täuschen, köstlich amüsiert. Wir brauchten nichts weiter zu tun, als auf Sie zu warten.« Sie lächelte verächtlich. »Ich muß zugeben, Sie haben unsere Leute gestern abend mit bewundernswerter Rücksichtslosigkeit erledigt, aber am Endresultat hat das gar nichts geändert. Sie sind in unseren Händen.«

Monk unterbrach sie: »Laß diesen Unsinn, Mädchen. Sag ihm, was du ihm zu sagen hast.«

»Aber Sie haben doch Washington auf die ganze Aktion aufmerksam gemacht«, warf ich ein.

»Natürlich. Wir wollten, daß die Schafe zur richtigen Zeit zusammengetrieben wurden. Oder daß man sie tot an den richtigen Plätzen fand. Wir wollten, daß man einen Mann hierherschickte, einen Mann, den wir benützen konnten. Einen Mann wie Naguki oder, noch besser, einen Mann wie Sie. Und natürlich hatte Monk bestimmte persönliche Grün-

de, Sie vorzuziehen.«
»Okay, okay, Irina«, sagte Monk. »Schluß jetzt.«
»Nur noch eins.« Sie trat einen Schritt näher. »Mr. Helm, erinnern Sie sich an ein Hotelzimmer in Honolulu und an einen lachenden Mann?«
Ich grinste. »Natürlich. Sie sahen aber auch gar zu komisch aus, wie Sie splitternackt dastanden und versuchten, mich herumzukriegen.«
Sie holte aus und schlug mir meinen Revolver mit aller Kraft über den Kopf. Sie war ein kräftiges Mädchen, und es war ein ordentlicher Hieb, der mich fast umwarf. Eine Sekunde sah ich nichts als Finsternis und Sterne. Als es wieder hell um mich wurde, stand sie immer noch vor mir. Sie spitzte ihren hübschen Mund und spuckte mir ins Gesicht. Dann wandte sie sich ab, warf Monk den Revolver zu und marschierte davon, und nur der Schmutz an ihrem Hosenboden verdarb ein ganz klein wenig ihren würdevollen Abgang.
Ich betastete die Beule über meinem Ohr. Sie blutete ein bißchen.
Monk lachte. »Da werden Weiber zu Hyänen.«
»Da haben Sie recht«, brummte ich. »Ich wußte gar nicht, daß Sie in klassischen Zitaten so beschlagen sind, Monk. Anscheinend hab ich Ihre Bildung unterschätzt.«
Nachdem ich mich mit dieser Bemerkung wieder unbeliebt gemacht hatte, ging ich gehorsam den Pfad hinunter, den das Mädchen eingeschlagen hatte. Ich fragte mich, was Isobel wohl drüben in der andern Bucht machte, falls sie noch am Leben war, doch dann verdrängte ich den Gedanken an sie. Der Pfad war ziemlich holprig, und der beschwerliche Weg ermunterte nicht gerade zur Konversation, doch nach einer Weile wandte ich den Kopf und fragte: »Was heißt eigentlich K?«
Monk hatte offenbar beschlossen, nicht länger den Beleidigten zu spielen, denn er antwortete bereitwillig: »Mein Gott, Sie kennen doch diese hawaiischen Namen. Es ist eine Abkürzung für die Kakananuka Bucht dort drüben. Möchten Sie das vielleicht zwanzigmal am Tag aussprechen? Außerdem klingt K geheimnisvoller und ist auf keiner Karte zu finden. Je süßer der Honig, um so leichter geht der Bär in die Falle, Eric. Und Sie müssen doch zugeben, daß Sie mitten

hineingetappt sind.«
»Stimmt.« Ich schwieg einen Moment, dann säuselte ich: »Sie müssen ein ausgezeichneter Diplomat sein, Monk. Es muß nicht ganz einfach gewesen sein, die Leute aus Peking und das Mädchen aus Moskau in dieser Sache zur Zusammenarbeit zu bewegen.«
Ich hörte, wie er leise lachte. »Wieso sind Sie denn sicher, daß sie zusammenarbeiten? Vielleicht sieht das bloß so aus...«
Zwei laut krachende Schüsse vor uns im Dschungel unterbrachen ihn. Ich hörte, wie er fluchte: »Verdammt, das ist ein 38er! Dieses verfluchte schießwütige Weib! Wenn sie bloß nicht...Bleiben Sie stehen, Eric! Legen Sie die Hände auf den Rücken.« Ich gehorchte. Monk rief die beiden Männer herbei, und der eine holte einen Strick hervor. Monk zerrte prüfend daran; dann band er mir die Handgelenke fest auf dem Rücken zusammen.
»Die beiden werden Sie nach K bringen«, sagte er. »Tot oder lebendig. Mir wär's lieber, Sie würden bis morgen früh am Leben bleiben, aber andererseits ist der Zustand der Leiche nicht übermäßig wichtig. Ich meine, sie muß nicht unbedingt ganz frisch sein... Sie verstehen mich schon, Eric. Wenn Sie lieber gleich sterben wollen, brauchen Sie nur eine falsche Bewegung zu machen, und die beiden tun Ihnen sicher gern den Gefallen. Ich seh Sie in K wieder. Ob Sie *mich* wiedersehen, liegt an Ihnen.« Er rannte an mir vorbei und verschwand im dichten Dschungel. Einer der beiden Männer versetzte mir einen Stoß, und wir trabten weiter. Mit meinen gefesselten Händen kam ich noch schlechter voran, und ich mußte so sehr aufpassen, nicht über irgendwas zu stolpern, daß ich mich nicht richtig umsehen konnte.
Jill – oder Irina, wie ich sie jetzt wohl nennen mußte – hatte mir gesagt, K liege hinter der nächsten Bergkette, doch wie all ihre Informationen war auch diese ein wenig ungenau. Plötzlich hörte der Dschungel auf, und wir gelangten in ein kleines Gehölz, in dem mehrere Zelte standen, so gut getarnt, daß man sie weder aus der Luft noch vom Meer aus erkennen konnte. Die Klappe eines Zeltes war zurückgeschlagen, und ich sah darin ein Funkgerät. Das Gehölz endete an einem kleinen Fluß. Jenseits war eine freie, teils

sandige, teils mit Gras bewachsene Fläche.
Ich schaute mich nach den Booten um, konnte sie aber nicht gleich entdecken. Dann bemerkte ich, daß sie links im Dschungel lagen. Der Fluß verschwand dort im dichten Gestrüpp. Man hatte es an beiden Ufern sorgfältig gerodet und so eine Art natürliches Bootshaus für die beiden weißen Rennboote geschaffen.
Am Rand des Gesträuchs standen Monk und Irina. Außerdem lungerten dort ein paar dunkelhäutige, bewaffnete Eingeborene und ein dicker Mann in einem schmutzigen weißen Anzug herum. Ein anderer, ebenfalls in dreckigen weißen Hosen, lag am Ufer. Er schien tot zu sein.
»Ich sag dir doch, Darling«, erklärte Irina wütend, als wir näher kamen, »sie wollten an den Posten vorbei. Als ich auf sie zurannte, zog der eine einen Revolver. Er hat ihn auf mich gerichtet, und ich hab natürlich zuerst geschossen.«
Der Dicke hatte ein rundes, ausdrucksloses Orientalengesicht und geschlitzte dunkle Augen, die er zusammenkniff. Seine Stimme klang sanft, und er sprach gebrochenes Englisch.
»Ich glaube, ich habe Recht auf Erklärung, Mr. Rath. Wir wollten noch einmal überprüfen Ausrüstung – *unsere* Ausrüstung. Plötzlich diese Burschen uns packen, und diese junge Dame erschießen meine Kollege. Er waren sehr wertvoll. Meine Vorgesetzten werden sein sehr böse. Was ich soll ihnen melden?«
Er war ein guter Mann. Ihm war klar, daß er sich in einer Klemme befand, in einer sehr üblen Klemme, doch sein Gesicht war ruhig, und er zeigte keinerlei Erregung. Es schien, als spreche er nicht von seinem toten Kollegen, sondern von einem defekten Transistor.
»Nun, was Sie dazu sagen, Mr. Rath?«
Monks Miene hatte sich verdüstert. »Es tut mir schrecklich leid, Mr. Su. Wirklich schrecklich leid. Es war ein dummes Mißverständnis, sonst nichts. Einfach ein Mißverständnis. Sie sagten, Sie wären mit Ihrer Arbeit fertig, deshalb hab ich verboten, die Boote zu betreten, damit niemand bis morgen früh etwas mit ihnen anstellt. Diese Männer sind nur Befehlsempfänger, und sie haben über die Befehle, die ihnen erteilt werden, nicht nachzudenken – Sie kennen das ja. Sie

wußten nicht, daß *Sie* selbstverständlich die Boote jederzeit betreten dürfen. Und Miss Darnley hier ist, wie Sie sehen, noch sehr jung, und niemand läßt sich gern erschießen ... Wieso hatte Ihr Freund eigentlich einen Revolver, Mr. Su? Ich hatte Ihnen doch gesagt, daß wir für alle Sicherheitsvorkehrungen sorgen würden.«

Mr. Su zögerte einen Moment. Dann sagte er, ohne eine Miene zu verziehen: »Ich ihm erklären, daß Verstoß gegen Gastfreundschaft, aber er darauf bestanden. Beide Seiten haben also Fehler gemacht, Mr. Rath. Schreckliche Sache, aber wir wollen betrachten als erledigt. Wenn Sie sich würden bitte um ihn kümmern?«

»Ja, natürlich. Falls Sie immer noch auf das Boot wollen ...«

Mr. Su lächelte unmerklich. »Jetzt nicht. Ich nicht, wie man sagt – in rechte Stimmung. Wenn Sie gestatten, ich gehe in mein Zelt zurück.«

Er wandte sich ab. Monk nickte. Der Mann, der ihm am nächsten stand, trat vor und hieb ihm den Kolben seines Karabiners über den Kopf. Er sackte zusammen, und einen Moment herrschte Stille.

Monks Blick wanderte von dem Mann auf dem Boden zu mir. »Ihr Reisegefährte, Eric.«

Es schien Zeit, daß jemand eine dumme Frage stellte, und ich schien der Geeignetste dafür. »Sie und die Dame aus Moskau führen also Ihre chinesischen Kollegen an der Nase herum. Was für ein verdammt kompliziertes Spiel versuchen Sie hier eigentlich zu spielen, Monk?«

»Wir versuchen es nicht, mein Lieber.« Seine Augen waren hell und klar und unwahrscheinlich blau. »Wir spielen es.«

Ich sah das Mädchen an und dann wieder Monk. »Mit ihrer Hilfe. Sie haben sich nicht für Yen, sondern für Rubel verkauft, was?«

»Niemand hat sich verkauft! Wir haben nur entdeckt, daß unsere Interessen in gewisser Beziehung die gleichen sind. Wenn das Schicksal der Menschheit auf dem Spiel steht, mein Lieber, dann holt man sich seine Verbündeten, wo man sie findet! Ich habe Washington zu überzeugen versucht, doch ich bin auf niemand gestoßen, der bereit war, den Tatsachen ins Gesicht zu sehen und das Notwendige zu tun. Wir werden von Feiglingen und sentimentalen Idioten regiert. Ich mußte woanders hingehen, um jemand mit einer realistischen Einstellung zur internationalen Politik zu finden.«

»Realistisch.« Ich warf wieder einen Blick auf Irina, deren Gesicht völlig ausdruckslos war. Ich sah den Mann an, den sie erschossen hatte, und mir fiel eine Frau ein, auf die sie ebenfalls gefeuert hatte. »Sie ist also realistisch, schön. Möchten Sie mir nicht ein bißchen näher erklären, was Sie unter ›realistisch‹ verstehen, *amigo?*«

Monk ging zu Mr. Su, gab dem bewußtlosen Chinesen einen verächtlichen Fußtritt und blickte in sein breites gelbes Gesicht. »Das sind unsere wahren Feinde, Eric«, sagte er schroff. »Diese arroganten Hunde. Sie bilden sich ein, sie können jeden ausnützen und übers Ohr hauen. Mit mir haben sie's auch versucht. Sie glauben, die Zivilisation hat mit ihnen begonnen und wird mit ihnen enden. Und wenn nicht bald etwas gegen sie unternommen wird, werden sie womöglich recht behalten.«

Allmählich begann ich klarzusehen. »Sie sind derjenige, der dazu berufen ist, das Nötige zu unternehmen«, murmelte ich.

»Sagen wir lieber, ich bin derjenige, der dafür sorgen wird, daß etwas geschieht. Ich habe sie jahrelang studiert, hier draußen im Pazifik. Sie sind das gefährlichste Volk der Welt und zugleich das größte. Wenn diese vielen Millionen erst einmal losstürmen, kann sie niemand mehr aufhalten. Es ist höchste Zeit, daß etwas geschieht, Eric! Allerhöchste Zeit!«

»Sie sind also in Wirklichkeit gar nicht gegen den derzeitigen Krieg; ganz im Gegenteil. Sie wollen einen noch größeren und schrecklicheren anzetteln. Sie wollen mit rotchinesischem Material einen amerikanischen Truppentransporter versenken und dafür sorgen, daß an Bord des Bootes, von dem aus die Explosion ausgelöst wurde, die Leiche eines chinesischen Technikers gefunden wird. Sie glauben, das wird Washington zum Handeln zwingen. Sie glauben, daß wir einen Vergeltungsschlag führen werden, der wiederum einen Vergeltungsschlag der Chinesen auslösen wird. Und daß sich das Ganze schließlich zu einem Atomkrieg entwikkeln – oder, um den üblichen Jargon zu verwenden –

eskalieren wird. Hab ich recht?«
Er lächelte. »Sie unterschätzen mich, Eric. Ich habe dafür gesorgt, daß Washington handeln *muß*. Man wird auf dem Boot nicht nur einen chinesischen Techniker finden, sondern auch einen berüchtigten amerikanischen Pazifisten, der in den Diensten der amerikanischen Regierung steht. Vergessen Sie sich nicht, mein Lieber. Was glauben Sie, warum wir uns soviel Mühe gemacht haben, einen Mann aus Washington hierherzulocken, möglichst einen höheren Agenten, den bestimmt kein Mensch naiv oder dumm nennen kann. Wie Irina schon gesagt hat, Sie haben uns ausgezeichnet in die Hände gespielt. Die Tatsache, daß man neben dem toten Chinesen Ihre Leiche auf dem Boot finden wird, wird sowohl die pazifistische Organisation wie unsere weichliche Regierung, die sie duldet, diskreditieren. Es wird einen derartigen nationalen Skandal geben, daß die Regierung gezwungen sein wird, etwas Ernsthaftes zu unternehmen.«
Ich warf einen Blick auf Irina. »Und angenommen, es kommt zu einem Atomkrieg – welche Partei werden die Russen ergreifen?«
Monk sagte: »Sie werden mit uns kämpfen. Es wird ihnen gar nichts anderes übrigbleiben. Sie haben genausoviel zu verlieren wie wir. Denn sie wissen ganz genau, daß es in so einem Krieg um das Schicksal der weißen Rasse gehen würde.«
Das erschreckte mich. Ich hatte zwar bei unserer früheren Zusammenarbeit nicht den Eindruck gewonnen, daß er besonders tolerant war, andererseits aber auch nie bemerkt, daß er irgendwelchen Rassentheorien anhing. Jetzt jedoch schien er mit Haut und Haaren dem alten Unsinn von der gelben Gefahr verfallen. Ich ahnte, wer ihn dazu gebracht hatte, vermied es jedoch sorgfältig, das blonde Mädchen mit den schmutzigen weißen Jeans anzusehen. Zweifellos hatte ich sie unterschätzt, und offenbar war ich nicht der einzige, der diesen Fehler begangen hatte.

25

Während des langen Nachmittags, den ich, an Händen und Füßen gefesselt, in einem bewachten Zelt lag, schob ich alle politischen Überlegungen beiseite. Meine Aufgabe bestand in erster Linie darin, einen Verräter unschädlich zu machen, und ich dachte darüber nach, wie ich das anstellen sollte. Ich gelangte zu dem Schluß, daß ich dazu eine tüchtige Portion Glück brauchen würde – eine Erkenntnis, die mir nicht wesentlich weiterhalf.

Ich lag natürlich nicht allein in dem Zelt. Plötzlich merkte ich, daß der Mann neben mir langsam zu sich kam. Er atmete tiefer, und dann bewegte er sich und probierte anscheinend, wie fest seine Fesseln waren. Schließlich wurde ihm wohl klar, in was für einer Klemme er sich befand, denn er sparte vernünftigerweise seine Kräfte und rührte sich nicht mehr. Vielleicht wäre es richtig gewesen, ihn anzusprechen, ihn aufzuputschen, an seinen Stolz und seinen Selbsterhaltungstrieb zu appellieren und ihn dazu zu bringen, sich mit mir zu verbünden, doch ich sagte nichts. Er ist bestimmt clever genug, dachte ich, sich mit mir zusammenzutun, wenn das für ihn von Vorteil ist – und vermutlich skrupellos genug, sich im gegenteiligen Fall an keine derartigen Abmachungen zu halten.

Gegen Abend brachte uns Irina Essen und Wasser. Ich tat, als ob ich nicht merkte, daß sie ihr kunstvoll zerfetztes Hemd gegen ein anderes, ebenso buntes, jedoch ganzes ausgewechselt hatte. Der Posten stand mit schußbereitem Karabiner neben der offenen Zelttür, während sie Mr. Sus Handfesseln löste, ihn essen und trinken ließ und ihn wieder fesselte. Dann war ich an der Reihe. Meine unbeholfenen Versuche, mit meinen von der festen Fesselung steifen Fingern zu essen, amüsierten sie sichtlich. Danach kam Monk und sah nach, ob die Knoten fest genug waren. »Kann ich irgendwas für Sie tun, mein Lieber?« fragte er. »Möchten Sie vielleicht einen Drink, eine Zigarette, ein Kopfkissen?«

Er meinte es völlig ernst. Er hatte gewonnen und konnte es sich leisten, großzügig zu sein.

»Wenn Sie vielleicht ein scharfes Messer hätten?«

Er lachte. »Der gute alte Eric. Lange her seit Hofbaden, was?«

Ich grinste. »Und ziemlich weit nach Honolulu, *amigo*. Sie sind noch nicht dort.«
»So ist's recht«, sagte er lächelnd, »nur nicht die Flinte ins Korn werfen. Also dann bis morgen früh. Schlafen Sie gut.«
Ich versuchte mich möglichst bequem auf den harten Boden zu legen. Als ich den denkbar besten Kompromiß gefunden hatte, hörte ich neben mir Mr. Sus Stimme.
»Er sprechen zu Ihnen wie zu Freund.«
»Da haben Sie nicht ganz unrecht. Er haßt mich schon seit vielen Jahren, und das bindet irgendwie. Er hat sentimentale Anwandlungen; es tut ihm leid, daß er mich nach all diesen schönen, haßerfüllten Jahren morgen umbringen wird. In seinem Leben wird eine Lücke sein, bis er einen Ersatz findet, und das weiß er.«
»Komisches Volk«, sagte Mr. Su leise. »Sie nicht vielleicht haben guten Plan für fliehen heute nacht?«
»Nein. Sie?«
»Leider nein. Ich jetzt schlafen. Gute Nacht, Sir.«
»Gute Nacht, Mr. Su.«
»Mein Name nicht Su. Aber macht nix. Sie ruhig mich so nennen. Gute Nacht.«
Sie ließen uns nicht viel schlafen. Fast jede Stunde kamen sie mit Taschenlampen herein und prüften unsere Fesseln. Trotzdem gelang es mir, zwischen den Inspektionen ein paarmal einzudösen. Plötzlich jedoch fuhr ich hellwach und schweißüberströmt hoch, obwohl sich niemand über mich beugte. Irgendwas hatte sich verändert. Dann wurde es mir klar: der Passat wehte nicht mehr.
Ich dachte an eine verletzte Frau in einem kleinen Segelboot. Sie sollte schnellstens nach Kalaupapa segeln, doch nun war es völlig windstill. Ohne den Passat konnte sie zu dieser Fahrt Tage brauchen...
Sie kamen ganz früh am Morgen, die Sonne war noch nicht aufgegangen. Es war schwül und still. Sie banden uns los und führten uns durchs Dunkel zu dem kleinen Fluß. Man hatte die Boote aus dem Dschungel herausgezogen; sie lagen am Ufer. Su und ich wurden auf das größere gebracht, an dessen Bug sich eine winzige Kajüte befand. Das übrige Boot nahm das Cockpit ein; links waren das Steuer und die Instrumente. Rechts stand ein Apparat mit Schaltern, Knöp-

fen und Skalen; möglicherweise handelte es sich um irgendeine Navigationsvorrichtung, doch ich war mir ziemlich sicher, daß es keine war. Es gab sechs Sitze; zwei nach vorn gerichtete am vorderen Ende des Cockpits, mit dem Rücken dazu zwei mit Blick nach hinten, und zwei, ebenfalls mit Aussicht nach vorn, vor dem Motorraum am Heck.

Mr. Su und ich mußten ganz hinten Platz nehmen, und dann band man unsere Füße an die festgeschraubten Sitzbeine. Da für unsere Arme hinter uns kein Platz war, wurden sie mit der gleichen festen Angelschnur vorn zusammengebunden. Das war ein kleiner Fortschritt. Wenn man seine Fesseln sieht, kann man sie leichter lösen.

Irina sprang an Bord und setzte sich, einen Revolver in der Hand, uns gegenüber.

»Später kommt ihr vorn in die Kajüte«, erklärte sie. »Monk will euch bloß nicht zuviel allein lassen, damit ihr euch nicht allzusehr langweilt.«

Monk stand am Ufer neben dem anderen Boot, das etwas kleiner und kürzer war und am Heck zwei riesige Außenbordmotoren hatte, und erteilte ein paar Männern Anweisungen. Ich bekam soviel mit, daß er ein Treffen vereinbarte, doch wo es stattfinden sollte, verstand ich nicht.

Irina blickte beleidigt drein, als Monk an Bord unseres Bootes stieg und mit der Taschenlampe unsere Fesseln inspizierte.

»Ich hab sie schon überprüft«, sagte sie scharf. »Anscheinend traust du mir überhaupt nichts zu?« Dann nahm sie sich zusammen und sagte in dem unterwürfigen Ton, den ich so gut kannte: »Entschuldige, Monk. Ich hab's nicht so gemeint ... Dieses verdammte Wetter.«

Er grinste. Anscheinend war er bester Laune. »Man kann nicht sorgfältig genug sein, Mädchen.« Er klopfte ihr auf die Schulter. Ich fragte mich, wie sie wohl zueinander standen und wie sie die Nacht verbracht haben mochten, doch jetzt wirkten sie nicht gerade wie ein Liebespaar. In kühlem, sachlichem Ton sagte er: »Durchlöchere die beiden nicht mehr als unbedingt nötig.«

Dann stapfte er den Gang zwischen den Sitzen hinunter, zwängte sich an dem dort verstauten Paar Wasserski vorbei, zog sein feuchtes Pfadfinderhemd aus und warf es in die kleine Kajüte. Er setzte sich hinter das Steuerrad und drehte den Schlüssel herum. In dem Kasten hinter Su und mir begann es zu rattern und zu vibrieren. Ein Mann am Ufer machte das Boot los, und Monk manövrierte es in die Mitte des kleinen Flusses und schob den Gashebel langsam vor. Das Rattern hinter uns wurde lauter. Bäume und Gras und Sand glitten an uns vorbei. Als wir durch die schmale Mündung fuhren, schaltete Monk die Instrumentenbeleuchtung aus, gab noch etwas mehr Gas, und wir fuhren aufs dunkle Meer hinaus.

Die Strecke mußte nach meiner Berechnung etwa dreimal so weit sein wie von Maui nach Molokai, und wir brauchten weniger als ein Drittel der Zeit dafür. Als es hinter uns dämmerte, zog Irina, die in die Sonne blickte, eine dunkle Brille aus der Tasche des kurzen, ärmellosen Muu-Muu, das sie heute trug. Mit etwa dreißig Knoten fuhren wir an Oahu vorbei, und als wir den Diamond Head umrundeten, war es heller Tag. Es waren mehr Boote als sonst auf dem Meer, darunter zahlreiche Flöße mit hellen Segeln, die bei der Flaute kaum voranzukommen schienen. Ich sah das Hotel, in dem ich immer noch ein Zimmer gemietet, und den Strand, an dem ich Irina kennengelernt hatte. Monk schaltete den Motor auf Leerlauf, schaute auf seine Uhr und kam nach hinten.

»Okay, bring sie nach unten – ich befestige inzwischen dein Schleppseil«, sagte er zu Irina. »Beeil dich, damit uns nicht jemand zu nahe kommt. Sieht fast so aus, als ob sämtliche Boote von Honolulu zum Empfang der *Lurline* hinausgefahren sind.« Man merkte an seinem Ton, daß er ziemlich nervös war. »Ich hoffe, du hast nicht vergessen, unter dem komischen Ding da deinen Bikini anzuziehen.«

Irina lachte. »Also wirklich, Monk.«

»Schon gut. Schaff die beiden weg und mach, daß du ins Wasser kommst. Und denk an meine Anweisungen. Ich steuere also auf den Kahn zu. Vergiß nicht, zu lachen und den netten Jungen zuzuwinken. Ich fahre ganz dicht an dem Schiff entlang und kurve dann nach rechts. Nach vierhundert Metern drücke ich auf den Sprengknopf. Wenn es kracht, läßt du das Seil los und fällst ins Wasser. Es muß ganz natürlich aussehen, als ob dich die Erschütterung von den

Skiern reißt. Ich kehre um und fisch dich aus dem Wasser. Bis ich dich und das Seil an Bord habe, ist bestimmt schon so viel Qualm und Durcheinander, daß sich niemand um uns kümmern wird ... So, das wär's. Binde die beiden gut fest.«
Irina schlang den Strick um meine Fußgelenke und verknotete ihn. Su hatte sie bereits an die andere Koje in der winzigen keilförmigen Kabine gefesselt. Sie blieb an der Tür stehen und sah mich einen Moment an; dann nahm sie lächelnd ihre Sonnenbrille ab und steckte sie in die Tasche ihres Kittels. Mich weiter anlächelnd öffnete sie ihn am Rücken, und dann streifte sie mit einer einzigen graziösen Bewegung, an die ich mich gut erinnerte, den Kittel und die Sandalen ab und warf beides neben mich. Einen Moment lang stand sie in ihrem weißen Bikini da, schlank, braungebrannt, blond und schön.
»Verdammt noch mal, hör auf mit dem Theater und komm endlich!« rief Monk. »Eben legt ein Schiff ab ... Ja, sie ist es, genau im richtigen Moment – die *General Hughes.* Los, ins Wasser! Schnall die Skier an und gib mir das Kommando.«
Ich hörte ein lautes Klatschen. Durch die offene Kajütentür sah ich, wie Monk, sich ungeduldig umdrehend, zum Steuer ging. Dann schlug die Tür zu, doch ich hörte Irina rufen:
»Achtung ... Fertig ... *Los!*«
Das Boot setzte sich in Bewegung und man spürte, wie es an dem Mädchen zerrte; dann hatte es den Widerstand überwunden und schoß los, doch mein Interesse war auf etwas anderes gerichtet. Ich hatte auf einen glücklichen Zufall gewartet, und da war er. Mir fiel ein, wie ich zu einem anderen Mädchen unter erfreulicheren Umständen gesagt hatte: *Es gibt Situationen, in denen eine Glasscherbe sehr nützlich sein kann.*
Ich hoffte, die Gläser in Irinas Sonnenbrille waren nicht aus Kunststoff ...

26

Es war alles andere als einfach. Die Dinger waren aus Glas, doch das Problem war, mit gefesselten Händen eins davon heil aus der Fassung herauszukriegen und es so zu zerbrechen, daß man etwas damit anfangen konnte. Das Zittern

und Schwanken des Bootes machte es auch nicht gerade leichter, und außerdem konnte Monk jeden Moment den Kopf hereinstecken. Er brauchte dazu nicht mal die Tür aufzumachen, denn das Dach der Kajüte war verschiebbar und stand am hinteren Ende, neben dem Steuer, ein Stück offen. Monk brauchte sich bloß etwas zur Seite zu beugen und hereinschauen.
Zum Glück tat er es nicht, während ich mir mein Schneidinstrument zurechtbastelte und überlegte, wie ich es festhalten und benützen sollte. Ich blickte zu Mr. Su hinüber. Er hatte mir natürlich zugesehen, und als ich ihm die halbmondförmige Glasscherbe zeigte, nickte er. Wir mußten uns ein wenig hin und her winden, um in die richtige Lage zu kommen, und dann nahm Mr. Su behutsam das Glas. Ich sah die Frage in seinen Augen. Derjenige, dessen Fesseln zuerst durchgeschnitten waren, hätte natürlich alle Vorteile für sich.
Mr. Su sagte nichts. Er war ein Realist. Im Cockpit war ein bewaffneter Mann, und mit bewaffneten Männern fertig zu werden, war meine Spezialität, nicht seine. Er war nicht so albern, irgendwelche nutzlosen Versprechungen von mir zu verlangen. Daß sie uns mit Angelschnur gefesselt hatten, erwies sich als großer Vorteil. Einen dicken Strick zu durchschneiden, hätte wesentlich länger gedauert. So zerbrachen wir nur zwei Glashälften, bis die Dinger durch waren.
Ich rollte mich auf meine Koje zurück und wickelte die Schnur von meinen Handgelenken. Ich war keine Sekunde zu früh damit fertig. Ich hörte Monk draußen fluchen und spürte, wie das Boot herumgerissen wurde; dann ging die Tür auf, und er stand mit seinem glänzenden Revolver in der linken Hand vor uns – mit der rechten hielt er das Steuer fest. Sein Gesicht war blaß und wütend. Zuerst dachte ich, er hätte die durchschnittene Schnur entdeckt; dann merkte ich, daß es ihm um etwas ganz anderes ging.
»Du Schwein. Wie hast du das gemacht, Eric? Wie hast du sie verständigt? Er kehrt um! Das verdammte Schiff kehrt um, hörst du? Es ist in den Hafen zurückgeholt worden. Wie hast du das gemacht?« Er richtete den Revolver auf mich. »Du lachst ja gar nicht, du gemeiner Hund? Los, lach doch und freu dich! Es ist das letzte Mal, daß du lachen kannst!«

Ich konnte mich nicht auf ihn stürzen. Ich hatte meterweise Schnur fest um meine Handgelenke gewickelt, ganz abgesehen von der um meine Füße. Ich sah ihn nur stumm an. Isobel hatte es also geschafft – trotz ihrer Verwundung und des Wetters hatte es dieses verdammte Weib geschafft. Sie hatte die Meldung durchgegeben.
Ich starrte auf den blitzenden Revolver und sah, wie sich sein Finger um den Abzug krümmte; dann ließ Monk ihn plötzlich sinken und lachte auf. Es klang fast wie ein heiseres Bellen.
»Okay, Eric. Eins zu null für Sie. Es war diese Frau, nicht? Es war ein Fehler von mir, Irina zu glauben. Machen Sie nicht so ein verdammt zufriedenes Gesicht. Es hat sich nichts geändert. Wir werden uns die *Hughes* eben beim Einlaufen vornehmen, statt beim Auslaufen.« Er steckte den Revolver in seinen Gürtel. »Legen Sie sich hin, mein Lieber, und hören Sie sich das Feuerwerk an.«
Er knallte die Tür zu. Hastig wickelte ich die Schnur von meinen Handgelenken und bückte mich, um meine Füße zu befreien, doch der kleine Knoten war viel schwerer zu lösen als ein großer. Irina hatte ihn ganz fest zugezogen. In meiner Verzweiflung wollte ich schon nach der Glasscherbe greifen, doch da fanden meine Fingernägel die richtige Stelle, und der Knoten ging auf. Nach ein paar Sekunden waren meine Füße frei.
Ich merkte, daß Su mich hoffnungsvoll ansah, doch ich grinste nur freundlich zurück, weiter nichts. Es würde schwierig genug sein, mit Monk fertig zu werden. Ich lag da und versuchte zu erraten, was draußen vor sich ging. Es schienen ziemlich viele Boote um uns zu sein, denn wir schaukelten immer wieder, als ob uns die Kielwellen anderer Fahrzeuge trafen.
Dann fuhren wir eine Strecke ruhig geradeaus und bogen schließlich in einem weiten Halbkreis nach links ab, und plötzlich war das Schiff über uns und glitt mit großer Geschwindigkeit vorbei. Durch die offene Luke sah ich die graue Bordwand und sogar ein paar Gesichter oben an Deck. Mir war, als hörte ich Rufe und Pfiffe, doch der Auspuff des Schnellbootes übertönte alle anderen Geräusche.
Oben im Cockpit polterte es leise und als ich mich zurückleg-

te, sah ich, wie Monk sich über die Luke beugte. Zuerst dachte ich, er wolle nur einen Blick auf uns werfen, doch dann wurde mir klar, daß er nach dem Elektronikpult auf der anderen Seite griff. Ich machte mich auf einen riesigen Krach gefaßt, doch es kam nur ein leises Klicken.

Mr. Su sagte leise: »Er hat Apparat eingeschaltet. Mr. Helm. Stromkreise sind jetzt geschlossen. Rote Lampe brennt. Er braucht nur noch auf den Knopf drücken, dann explodieren Sprengsätze.«

»Wie groß ist die Reichweite von dem Ding?«

»So wie jetzt eingestellt, ungefähr zwei Kilometer. Man kann auf über sechzehn Kilometer einstellen, aber dann müßten Empfangsrelais so empfindlich sein, daß dadurch andere elektronische Signale ausgelöst werden können, zum Beispiel durch Radar an Bord von Transporter.«

Das Schiff war verschwunden. Ich zählte die Sekunden. Nach vierhundert Metern hatte Monk die Explosion auslösen wollen. Meiner Schätzung nach entsprach das ungefähr zwanzig Sekunden. Ich durfte mir nicht zu knappen Spielraum lassen. Als ich bei fünfzehn angelangt war, kletterte ich hinaus.

Ich war etwas zu früh dran. Er saß noch immer auf seinem Sitz und umklammerte mit beiden Händen das Steuer, doch ich hatte Glück. Er drehte sich einen Moment um – ob nach dem Schiff oder Irina, weiß ich nicht. Das Schiff war schon ein ziemliches Stück entfernt, und hinter dem Boot tanzte, schlank und braun in ihrem winzigen weißen Bikini, Irina auf ihren Wasserskiern über die Kielwellen.

Es war ein hübscher Anblick, aber ich hatte keine Zeit, ihn zu bewundern. Monk drehte sich um, doch bevor er mich bemerkte, hatte ich ihn vom Sitz gestoßen. Ich stemmte mich gegen die Kajüte und schleuderte ihn mit einem Fußtritt zum Heck, weg von dem Apparat rechts neben mir, an dem die rote Lampe glühte. Dann riß ich mit der linken Hand das Steuerrad herum, so daß das Boot auf die offene See hinausschoß. Ich warf einen Blick auf den Apparat, doch es waren zu viele Schalter und Skalen daran, und ich traute mich nicht, ihn anzurühren, bevor wir aus der Gefahrenzone waren.

Monk kauerte einen Moment wie betäubt auf dem Deck. Dann fuhr er herum, in der Hand die Kanone, doch ich war schneller und stieß mit dem Fuß zu. Der Revolver flog über Bord. Er bleckte grinsend die Zähne. »Fast wie in alten Zeiten, was, Eric? Damals hast du mich mit deinem Herumgetänzel und deinen linken Geraden fertiggemacht. Aber versuch das mal hier.«

Er hatte recht. Hier war er im Vorteil. In dem kleinen Cockpit mit den angeschraubten Sitzen war kein Platz für elegante Beinarbeit, und meine größere Reichweite würde mir auch nicht viel nützen. Monk senkte den Kopf und kam auf mich zu. Ich konnte nichts weiter tun, als auf ihn zu warten; ich mußte zwischen ihm und der verdammten roten Lampe bleiben. Ich kannte ihn gut genug, um zu wissen, daß er sich bei der erstbesten Gelegenheit auf den Auslöseknopf stürzen würde.

Deshalb blieb ich einfach ruhig stehen und ließ ihn rankommen. Wir versuchten zur Einleitung ein paar Karatekniffe mit der Handkante und steifgestreckten Fingern, doch das führte zu nichts, denn wir kannten beide sämtliche Tricks. Ich wußte, daß er in Zeitnot war. Das Schiff war schon wieder nahe am Hafen, und wir sausten mit ziemlicher Geschwindigkeit in die entgegengesetzte Richtung aufs offene Meer hinaus.

Er deckte mich mit einem Hagel von Schwingern ein. Ein paar konnte ich abfangen, ein paar mußte ich einstecken, doch ich rührte mich nicht von der Stelle. Er starrte mich wütend an und ging wieder mit der ganzen Kraft seiner riesigen Arme und seiner Gorillaschultern auf mich los, doch ich überstand auch diesen Angriff, allerdings knapp. Ich blickte an ihm vorbei.

»Ihre Freundin ist weg«, sagte ich. »Sie hat das Seil verloren.«

Er grinste laut keuchend. »Den Trick hat schon mein Großvater durchschaut, mein Lieber.«

Ich zuckte die Achseln. Es stimmte tatsächlich. Hinter dem Boot war nur der Holzgriff am Ende des Seils zu sehen, der über das Wasser tanzte. Weit zurück entdeckte ich die Skier und den Kopf des Mädchens. Monk warf rasch einen Blick über die Schulter und bemerkte es ebenfalls. Anscheinend war doch etwas zwischen ihnen gewesen; er ging wieder mit beiden Fäusten auf mich los und versuchte diesmal ans

Steuerruder zu kommen, um das Boot zurückzulenken.
In seiner Hast rutschte er aus und stürzte auf das eine Knie, und ich hob mein Knie und rammte es ihm unters Kinn, so daß er wieder in den hinteren Teil des Cockpits flog. Dadurch gewann ich einen Moment Zeit, mich um den Apparat zu kümmern. Hoffentlich stimmte Mr. Sus Schätzung, daß die Reichweite zwei Kilometer betrug... Ich drehte einen Schalter von EIN auf AUS. Drüben im Hafen brach keinerlei Feuerwerk los – lediglich die rote Lampe verlöschte.
Ich hörte Monk heiser aufschreien und wirbelte zu ihm herum. Er zog einen Revolver aus der Hosentasche, der mir bekannt vorkam – es war keins von den hübschen rostfreien Dingern, die er so freigiebig in seinem Bekanntenkreis verteilt hatte, sondern ein ganz ordinäres blaues Schießeisen für den Alltagsgebrauch. Mir fiel ein, daß Irina es ihm bei meiner Gefangennahme zugeworfen hatte. Ob er bloß vergessen hatte, daß er es bei sich trug, oder ob er mich ohne Waffe erledigen wollte, war schwer zu sagen. Jedenfalls hielt er es jetzt in der Hand.
Er richtete den Revolver auf mich. Ich hoffte, der Apparat war abgeschaltet, und ich konnte riskieren, meinen Posten zu verlassen. Ich stürzte mich auf ihn und hielt mir die Arme vors Gesicht, als er feuerte, denn ich hatte ja keine Ahnung, ob aus dem Ding nicht doch irgendwas herauskommen würde. Er drückte zweimal ab, und ich hörte, wie es zweimal leise klickte wie bei einem Kinderrevolver. Er versuchte es ein drittes Mal, und da explodierte das Ding in seiner Hand wie eine Bombe. Ich spürte einen Schlag gegen die Hüfte, und heiße Metallsplitter prasselten auf meine nackte Brust und meine Arme und mein Gesicht.
Mir fiel ein, daß ich, bevor ich mir Pressman vorknöpfte, den Revolver mit scharfen Patronen geladen und diese später wieder gegen die entschärften vertauscht hatte. Doch in den Behälter für die Reservepatronen gingen sechs Stück hinein und in den Revolver nur fünf. Außer den präparierten Patronen hatte ich also eine Zeitlang auch eine scharfe in der Tasche gehabt und sie versehentlich mit erwischt, als ich die Munition wieder austauschte. Monk hatte zweimal abgedrückt und da mußten die beiden präparierten Kugeln im Lauf steckengeblieben sein. Beim drittenmal wurde dann

die scharfe Patrone abgefeuert und der Druck in dem verstopften Lauf hatte den Revolver zerrissen.
Als ich einen Schritt vortrat, knickte mein Bein ein. Ich hielt mich an einem der Sitze fest und starrte Monk an, doch er interessierte sich nicht mehr für mich. Sein Gesicht war blutüberströmt; kraftlos strich er mit der zerfetzten Hand darüber...
Es war fast zu einfach, nach allem, was hinter uns lag. Ich hatte das Gefühl, daß mein Bein mich tragen würde, falls ich ihm nicht zuviel zumutete, und so humpelte ich auf ihn zu und erledigte meinen Auftrag.

27

Meine Verletzung war nicht allzu schlimm. Anscheinend war der ganze Vorderteil des Revolvers – der Lauf und ein Stück der Trommel – auf mich zugeflogen, doch die Fleischwunde, die ich abbekommen hatte, verheilte schnell. Was mich wesentlich mehr fertigmachte, war eine Art tropische Ruhr, die ich mir unterwegs geholt hatte.
Es dauerte deshalb zwei Wochen, bis ich in ein Flugzeug klettern und nach Hause fliegen konnte. Nach dem Start blickte ich hinunter auf den Hafen von Honolulu und aufs Meer, obwohl mir nicht ganz klar war, was ich zwei Wochen später zu sehen erwartete. Zwar lag irgendwo dort unten Monk, doch ein Anker und eine sechs Meter lange Kette hielten ihn sicher fest genug. Ein verschwundener Agent bringt weniger Scherereien als eine Agentenleiche; vor allem, wenn man es vermeiden möchte, allzu viele Fragen über seine letzte Tätigkeit zu beantworten.
Am Abend war ich in Washington und saß einigermaßen erschöpft in einem Zimmer im zweiten Stock eines vertrauten Gebäudes und erzählte dem grauhaarigen Mann hinter dem Schreibtisch all die Einzelheiten, die ich in meinem offiziellen Bericht verschwiegen hatte.
»Den Chinesen haben Sie also laufenlassen«, sagte Mac.
»Jawohl, Sir. Ich glaube, an seinem Apparat war nichts, was unsere Leute sich nicht auch ausdenken können, und ich hatte das Gefühl, mich für seine Hilfe erkenntlich zeigen zu

müssen.«
»Ihre Gefühle sind unwichtig, Eric. Der Mann hätte uns vielleicht einiges erzählen können.«
»Kaum«, sagte ich. »Aber er hätte bestimmt gewissen anderen Leuten eine Menge über Monk erzählen können. Ich dachte, Sie legen Wert darauf, daß die Sache geheim bleibt, Sir. Ich hatte nur zwei Möglichkeiten – ihn umzulegen oder laufenzulassen, und so hab ich ihn an Land gebracht.« Ich zuckte die Achseln. »Schließlich gibt es viele Millionen davon. Ich glaube nicht, daß es auf den einen ankommt.«
»Hm. Und das Mädchen? Sie ist nicht gefunden worden?«
»Nein, Sir.« Ich schwieg einen Moment und sah die zwei Wasserskier auf dem leeren Ozean vor mir. »Ertrunken kann sie nicht sein, dazu war sie eine zu gute Schwimmerin; andererseits konnte sie in der Zeit, die ihr blieb, aber auch nicht weit genug wegschwimmen. Ich habe eine Rückenflosse gesehen, Sir, aber ich verstehe nicht viel von Haifischen; vielleicht war es nur ein ganz harmloser, freundlicher. Dagegen spricht allerdings, daß Irina verschwunden war. Nur die Skier wurden gefunden.«
»Es wird Sie sicher interessieren, daß man mir keine Auskunft gab, als ich mich erkundigte, was Monk an Bord des Schiffes geschmuggelt hat. Man hat mir gesagt, das sei streng geheim.«
Ich grinste. »Unglaublich. Da retten wir ihren verdammten Transporter, und sie sagen uns nicht mal, wovor wir ihn gerettet haben. Tja, wenn Sie nichts dagegen haben, Sir, dann werd ich jetzt in ein Hotel gehen und eine Woche schlafen.«
»Ja, natürlich, tun Sie das.« Er wartete, bis ich zur Tür gehumpelt war; dann sagte er: »Ach ja, Eric, vergessen Sie nicht, noch rasch im Erkennungsraum vorbeizuschauen.«
Ich bemühte mich, mir meine Wut nicht anmerken zu lassen. Ein Befehl war schließlich ein Befehl – auch wenn ich eben erst aus einem Krankenhausbett gekrochen und um die halbe Welt geflogen war. »Jawohl, Sir«, sagte ich und ging hinunter, um mir von Smitty die neuesten Dias vorführen zu lassen.
Die Behauptung, daß ich viel davon profitierte, wäre übertrieben. Meine Konzentrationsfähigkeit war im Moment

nicht die beste. Nachdem ich meine Pflicht getan hatte, humpelte ich aus dem Projektionsraum hinaus und den Gang hinunter. Plötzlich blieb ich stehen. Ich hörte eine Stimme, die ich kannte.

»Den glänzenden da finde ich sehr hübsch«, sagte Isobel zu dem Magazinverwalter, als ich eintrat. »Ich glaube, den nehme ich.«

Als sie mich hörte, drehte sie sich um, und wir starrten uns eine Sekunde schweigend an. In ihrem hübschen hellen Sommerkostüm und mit ihrem glatt zurückgekämmten Haar kam sie mir völlig fremd vor. Sie wirkte äußerst elegant und gepflegt, und es fiel mir schwer, mir die Einzelheiten dessen, was an einem fernen Tropenstrand und an einem Dschungelteich zwischen uns gewesen war, ins Gedächtnis zurückzurufen.

»Hallo, Matt«, sagte sie. »Du siehst ja schrecklich aus.«

»Freut mich, daß ich von dir nicht das gleiche sagen kann. Du bist also trotz der Flaute nach Kalaupapa gekommen?«

»Nach Kalaupapa?« wiederholte sie. »Wozu sollte ich über zwanzig Kilometer nach Kalaupapa segeln? Ein paar Kilometer weiter den Strand hinauf war doch eine Straße und ein Auto. Ich war schon dort, bevor der Wind sich legte. Die einzige Schwierigkeit war, daß all diese netten Leute mich nicht anhören wollten und meinten, ich sollte mich erst mal ausruhen. Erst kurz vor Sonnenaufgang konnte ich sie dazu überreden, mich zu einem Telefon zu bringen.« Sie lächelte. »Du bist zwar ein jämmerlicher Segler, Darling, doch sonst wirklich ein netter Kerl. Es war überaus großzügig von dir, Kenneth das ganze Geld zu überlassen. Einen Teil hättest du ruhig behalten können.«

»Es stand mir ja eigentlich nicht zu. Claire – Winnie – wollte bestimmt, daß es ihr Bruder kriegen soll.«

»Sicher. Schade, daß sie so voller Vorurteile gegen mich war«, sagte Isobel. »Sie würde sich bestimmt freuen, wenn sie wüßte, daß ich mich so bald wie möglich von Kenneth scheiden lassen werde. Schau nicht so erstaunt drein, Darling. Was glaubst du, warum ich so interessiert daran war, daß er das Geld bekommt? Solange er pleite war, konnte ich mich doch schlecht von ihm scheiden lassen, oder? Aber jetzt, wo's ihm gutgeht, soll er sich zum Teufel scheren.« Sie

sah den Mann hinter dem Pult an. »So, ich glaube, ich werd jetzt lieber gehen. Ich fühl mich nicht ganz wohl in diesen geheimnisvollen Gefilden ... Ach ja, packen Sie ihn mir doch bitte ein. Ich kann ja nicht gut mit dem Ding in der Hand durch die Straßen spazieren.«
»Gern, Madam«, sagte der Mann.
Ich blickte auf den Revolver aus rostfreiem Stahl und sah sie fragend an. »Wozu brauchst du denn den?«
»Ach, du weißt doch, ich wollte schon immer einen haben. Als mich der Mann oben fragte, wie er sich für alles revanchieren könnte, hab ich ihn gebeten, mir einen Revolver mit allen dazugehörigen Papieren zu schenken.« Nach kurzem Zögern fuhr sie lächelnd fort: »Ach ja, er sagte noch, er würde sich bemühen, jemand aufzutreiben, der mir das Schießen beibringt. Hat er ... hat er dabei vielleicht an dich gedacht?«
Und so war es auch.